웬만해선
아무렇지
않다

웬만해선
아무렇지
않다

이기호

마음산책

이기호

1972년 강원도 원주에서 태어났다. 1999년 〈현대문학〉 신인추천공모에 단편 「버니」가 당선되어 작품 활동을 시작했다. 소설집 『누구에게나 친절한 교회 오빠 강민호』 『김 박사는 누구인가?』 『갈팡질팡하다가 내 이럴 줄 알았지』 『최순덕 성령충만기』, 장편소설 『목양면 방화 사건 전말기』 『차남들의 세계사』 『사과는 잘해요』, 가족 소설 『세 살 버릇 여름까지 간다』, 짧은 소설 『누가 봐도 연애소설』 『눈감지 마라』 등을 펴냈다. 동인문학상, 황순원문학상, 이효석문학상, 한국일보문학상, 김승옥문학상 등을 받았다. 현재 광주대학교 문예창작학과에서 학생들을 가르치고 있다.

웬만해선 아무렇지 않다

1판 1쇄 발행 2016년 2월 25일
1판 34쇄 발행 2025년 6월 30일

지은이 | 이기호
그린이 | 박선경
펴낸이 | 정은숙
펴낸곳 | 마음산책

등록 | 2000년 7월 28일(제2000-000237호)
주소 | (우 04043) 서울시 마포구 잔다리로3안길 20
전화 | 대표 362-1452 편집 362-1451   팩스 | 362-1455
홈페이지 | www.maumsan.com
블로그 | blog.naver.com/maumsanchaek
트위터 | twitter.com/maumsanchaek
페이스북 | facebook.com/maumsan
인스타그램 | instagram.com/maumsanchaek
전자우편 | maum@maumsan.com

ISBN 978-89-6090-257-2 03810

* 책값은 뒤표지에 있습니다.

이순성 님께

어쩐지 자신이 원고지가 아닌
삶 속에서 소설을 쓰고 있는 기분이었다네.

작가의 말

짧은 소설을 묶은 책이니까, 작가의 말도 시조 형식으로 적어보겠다.

>짧은 글 우습다고 쉽사리 덤볐다가
>편두통 위장장애 골고루 앓았다네
>짧았던 사랑일수록 치열하게 다뤘거늘

책으로 엮어준 마음산책에 감사드린다.

2016년 이른 봄
이기호

차례

작가의 말 ● 9

우리에겐 일 년 누군가에겐 칠 년

벚꽃 흩날리는 이유 ● 19
낮은 곳으로 임하라 ● 25
동물원의 연인 ● 31
타인 바이러스 ● 37
아내의 방 ● 43
그녀와 마주한 어느 오후 ● 50
비치보이스 ● 55

출마하는 친구에게	●	61
미드나잇 하이웨이	●	66
내 남편의 이중생활	●	72
우리에겐 일 년 누군가에겐 칠 년	●	77
제발 연애 좀 해	●	84
침대	●	89
제사 전야	●	95

아아아아

불 켜지는 순간들	●	103
달려라 아들	●	110
그러게나 말입니다	●	115
한밤의 뜀박질	●	122
도망자	●	127
너는 카프카 나는 야누흐	●	133

아파트먼트 셰르파	●	138
두고 봐라	●	144
말처럼 쉽지 않네	●	149
개굴개굴	●	155
웃는 신부	●	160
아아아아	●	165
5월 8일생	●	172

좀 쉬면 안 될까요?

초간단 또띠아 토스트 레시피	●	179
눈으로 말해요	●	185
좀 쉬면 안 될까요?	●	190
봄비	●	195
어떤 상담	●	202
마주 잡은 두 손	●	207

이젠 애쓰지 않아도 돼요	●	212
사로잡힌 남자	●	218
소용없다는 말	●	223
최후의 흡연자	●	229
이게 누구야	●	236
데이비드 로지의 연말 일기	●	241
입동 전후	●	247

그에겐 그 달달한,
위로와 격려가 필요했다.

우리에겐 일 년 누군가에겐 칠 년

벚꽃 흩날리는 이유

　벽천경찰서 강력2팀 소속 최 형사는 자신의 책상 앞 철제 의자에 앉은 남자를 찬찬히 위아래로 훑어보았다.

　벚꽃이 흩날리는 4월 초순의 목요일 오후였다. 다른 강력팀 소속 형사들은 탐문수사나 DNA 샘플을 채취하러 나간 상태였고, 사무실엔 그와 강력1팀 소속 박 형사만 남아 있었다. 박 형사는 벌써 한 시간째 책상에 엎드린 채 잠을 자고 있었다. 최 형사 또한 불과 오 분 전까지만 해도 책상 위에 발을 올린 채 가만히 창밖을 바라보고 있었다. 봄이니까. 그는 자신이 어쩐지 수업을 일찍 마친 교사가 된 듯싶었다. 최 형사는 주말엔 아내와 함께 하동 쌍계사라도 다녀와볼까, 눈을 감고 잠깐 그런 생각을 해보았다. 사건만 일어나지 않는다면, 아내와 함께 십리 벚꽃길을 걸어볼 수도 있으련만. 봄엔 유달리 강력 사건이 많이 발생했다.

"제가 전화 받은 김승혁이라는 사람인데, 여기로 오는 게 맞습니까?"

최 형사는 책상 위에 올린 발을 내리면서 소리 나는 쪽을 바라보았다. 굵고 낮은 음색의 목소리였다. 최 형사는 그를 힐끔 올려다보았다. 그러곤 무춤, 저도 모르게 허리를 곧게 세우고 앉았다. 남자는 마치 록 음악을 하는 가수처럼 등까지 길게 기른 생머리에 검은 도복 차림이었다. 턱 주위론 희끗희끗한 수염이 무성하게 자라 있었고, 두 눈은 만개한 목련처럼 부리부리했다.

남자는 피고발인 신분이었다. 두 주 전이던가, 관내 중학교에 재학 중인 한 남학생의 부모가 남자를 폭행 및 폭언, 협박 혐의로 고소했다. 그렇다고 아이가 딱히 다친 곳이 있는 건 아니었다. 고소장엔 남자가 멱살을 잡은 채 몇 번 흔들었다고 적혀 있었다. 이런 경우는 해결 방안도 빤했다. 화해시키는 것. 그것이 담당 형사가 해야 할 몫이었다.

"차량 운행을 하다가 바로 와서 차림이 이렇습니다. 이해해 주십시오."

남자는 마치 오래전 헤어진 사형師兄을 만난 듯 깍듯하게 고개를 숙이면서 말했다. 고소장을 보니 남자는 검도 도장 사범이었다. 나이는 53세. 주소 또한 검도 도장으로 되어 있었다.

"뭐, 전화로 말씀드린 것처럼 고소장이 접수되어서요. 한데, 이건 딱 봐도 쉽게 합의 보실 수 있는 사안 같은데, 어떻게……"

최 형사는 모나미 볼펜으로 책상을 툭툭 치면서 말했다.

"그렇게 간단한 일이 아닙니다."

남자는 잠깐 두 눈을 감았다가 뜨면서 말했다.

"무슨 일인지 모르겠지만, 요즘 아이들이 다 그렇죠. 그렇다고 함부로 아이들 멱살 잡고 훈계하고 그러면 문제가 복잡해집니다. 선생님만 괴로워져요."

남자는 침묵을 지켰다.

"한데, 무슨 일로 아이를……?"

남자는 계속 말이 없었다. 최 형사는 의자를 좀 더 앞으로 당겨 앉았다.

"이게 정식으로 고소장이 접수된 일이라서요, 저희도 경위 같은 것을 작성해야 하거든요."

남자는 잠깐 허공을 보면서 한숨을 길게 내쉬었다.

"그게…… 태연 양 때문에 그랬습니다."

"누, 누구요? 태, 태, 뭐요? 그게…… 누군데요?"

"왜, 소녀시대 태연 양 있지 않습니까?"

남자는 그렇게 말하면서 부끄러운 듯 살짝 고개를 숙였다. 최 형사는 무연히 남자를 바라보았다.

"그 아이가 예전부터 태연 양에 대해서 험담을 많이 했습니다. 인터넷 게시판 같은 곳에서도…… 그래서 제가 참을 수 없어서……."

최 형사는 머릿속이 조금 복잡해졌다. 이게 뭔가? 이게 말로만 듣던 그 '사생팬'이라는 건가? 오십대 남자가? 그것도 검도 사범이?

"저도 화해하거나 사과할 생각이 없습니다. 후회도 없고요. 그냥 법대로 해주십시오."

"아니, 선생님. 이게 그렇게까지 갈 사안도 아니고…… 서로 좋게 좋게……."

"아니죠. 그러면 누굴 사랑하는 게 아니죠. 사랑이 어디 합의할 수 있는 거던가요?"

남자는 그렇게 말하면서 다시 두 눈을 감았다.

최 형사는 남자를 잠시 바라보다가 노트북 전원을 켰다. 봄이니까. 봄이니까. 최 형사는 혼잣말처럼 그렇게 중얼거렸다. 진짜 사랑은 그 사람이 없는 곳에서 이루어지는 법이니까. 창밖에선 또 한 번 난분분, 벚꽃이 흩날리고 있었다.

낮은 곳으로 임하라

어쩌 처음부터 낌새가 이상하다 싶었는데…… 그걸 눈치채지 못한 내가 바보였다. 졸업유예 일 년을 신청했다는 점 말곤 별다른 공통점도 친분도 없던 대학 동기 준수가 며칠 자신의 고향 집에 바람이나 쐬러 가자고 말했을 때, 그래, 그걸 함께 취업 못 한 자들의 동지애적 손길쯤으로 생각한 내 잘못이 크다. 혼자 학교식당에서 2,500원짜리 정식 먹는 것보다야 그래도 거기 가면 최소한 밥은 주겠지, 생각하면서 따라나섰다. 강원도 평창이라……. 나는 시외버스 좌석에 앉아 뜬금없이 강된장과 치커리 쌈 따위를 떠올렸다. 준수는 강원도를 향하는 내내 말

없이, 어쩐지 비장해 보이기까지 한 얼굴로 앉아 있었는데, 나는 그게 단순히 우리 미취업자들의 일상 표정이라고만 생각했다. 눈높이를 낮추라는 말과 땅에서 배우라는 말, 그 말들을 들을 때마다 우리는 점점 무표정하게 변해갔고, 결국은 지금 준수가 짓고 있는 저 표정, 그것이 평상시 얼굴이 되고 말았다. 웬만해선 아무렇지도 않은 표정…… 나도 눈높이를 좀 낮추고 취업하고 싶었다. 하지만 어찌된 게 이놈의 나라는 한번 눈높이를 낮추면 영원히 그 눈높이에 맞춰 살아야만 했다. 그게 먼저 졸업한 선배들의 가르침이었다. 내 땀과 대기업 다니는 친구들의 땀의 무게가 다른 나라. 설령 눈높이를 낮춰 취업에 성공했다 하더라도 월급에서 학자금 융자 빼면 아무것도 남지 않는 나라…….

강원도에 갔다 온다 한들 아무것도 변하는 것은 없겠지만, 에라, 모르겠다, 거기 가면 눈높이 따윈 없겠지, 생각하며 나는 두 눈을 감았다. 버스는 두 시간 만에 장평 나들목 근처로 접어들고 있었다.

준수네 집은 평창군 미탄면이라는 곳에 위치해 있었는데, 청

옥산 기슭 고랭지 채소밭 근처에 지어진 오래된 기와집이었다. 나는 그곳에서 처음 준수 아버지 어머니를 볼 수 있었다. 두 분 다 허벅지까지 오는 노란 장화에 곡괭이를 든 모습이었다. 아버지는 검게 탄 얼굴에 조금 마른 편이었고, 어머니는 후덕하고 푸근한 인상이었다. 준수는 아버지와 서로 얼굴을 마주 보고도 별다른 말을 나누지 않았다. 왔냐? 네. 친구냐? 네. 그게 전부였다.

내가 준수의 속마음을 알게 된 것은 저녁 식사 자리에서였다.

"왜 지난번에 제가 말씀드린 거 있잖아요, 창업한다고 했던 거……"

"쓸데없는 소리 말고 밥이나 먹어. 내일 아침 일찍 배추 출하해야 해."

"진짜 좋은 기회여서 그래요, 아버지. 초기 자금만 도와주시면……"

알고 보니 준수는 다른 친구 두 명과 앱 개발 및 인터넷 홍보 대행 사업을 준비하고 있었다. 아아, 그래도 준수는 무언가를 준비하고 있었구나……. 나는 말없이 반찬으로 나온 닭볶음탕을 우물거리며 감탄한 듯 고개를 끄덕거렸다. 닭볶음탕은 매콤하고 감칠맛이 났다.

"배추 뽑아서 기껏 대학 졸업시켜놨더니 무슨 돈을 또 대달래! 취직해, 취직!"

"취직이 뭐 마음먹은 대로 되는 세상인 줄 아세요!"

준수 부자의 목소리는 점점 커져갔다.

"얘도 하루 종일 도서관에 앉아 있었는데 취직 못해서 이러고 있는 거라고요! 이런 애들이 뭐 한둘인 줄 아세요!"

나는 젓가락으로 닭뼈를 든 채 쪽쪽 빨고 있다가 그대로 멈춘 자세로 준수 아버지 어머니의 얼굴을 바라보았다. 그리고 다시 준수 아버지 어머니의 시선을 피해 고개를 푹 숙여야만 했다. 준수 아버지는 그런 나를 한참 동안 바라보다가 '끄응' 소리를 한 번 내뱉었을 뿐이었다. 아아, 이거였구나, 이래서 나보고 함께 내려가자고 했구나…….

저녁 식사를 끝내고 나는 준수와 함께 문간방에서 소주를 마셨다.

"너 그거 때문에 나보고 같이 오자고 한 거야? 사업 자금 때문에……?"

"아, 아니야…… 아깐 그냥 아버지랑 얘기하다가 화가 나서……."

"미리 귀띔이라도 해주지…… 그럼 말이라도 보태주잖아……."

준수는 손사래까지 치며 진짜 그런 건 아니라고 말했다.

"그게 아니고…… 내가 진짜 부탁하고 싶은 건……."

준수는 그러면서 내일 아침 배추 출하하는 것 좀 도와달라고, 일당도 넉넉하게 챙겨준다고, 어차피 노는 거 용돈 좀 벌어볼 생각 없느냐고 물었다.

"배추 출하?"

"도와드릴 건 도와드리고, 사업 얘기 다시 꺼내보게…… 너 싫으면 안 해도 되고……."

나는 좀 화가 났고, 또 어이도 없었지만, 그것보단 서글픈 마음이 더 크게 들었다. 사업 자금 때문에 친구를 인부로 쓰다니. 하지만 이미 닭볶음탕도 먹었고, 부모님께 인사도 드렸고, 친구는 어떻게든 사업 자금을 얻어내려고 하는 판국이니…….

나는 목소리를 한껏 낮춰서 물어보았다.

"그래, 일당은 얼만데?"

동물원의 연인

 태어나서 서른 살이 될 때까지 단 한 번도 여자 친구를 사귀어보지 못했던 그가, 기적적으로 여덟 살 연하의 주경 씨를 만나 연애를 시작하게 된 것은 지난달 말의 일이었다. 주경 씨, 그녀는 그가 다니던 중장비 운전면허학원의 사무보조로 일하고 있던 여자였다. 나이는 이제 겨우 스물두 살이었지만 모니터를 바라보다가 가끔씩 창문 밖 풍경을 오롯이 바라보는 표정에선 뭐랄까, 함부로 오를 수 없는 높다란 담장 위에 핀 백목련의 기품과 분위기 같은 것이 느껴졌다. 누이를 보는 심정이랄까, 혹은 오래전 짝사랑했던 동창을 다시 만난 기분이랄까. 그는 몇 번 쑥스러운 손짓으로 자판기 캔 커피를 그녀 책상 앞에 내밀다가 어느 날 용기를 내어 "저어, 혹시 쉬는 날 영화나 한 편 볼래요?" 말을 걸었고, 거절을 예상했지만 뜻밖에도 "그러지요"라는 대답이 흘러나왔다. 그것이 그와 주경 씨의 시작이 되었다.

그러니까 바로 오늘은 그가 주경 씨와 만난 이후 맞는 세 번째 데이트였다. 월요일이었고, 둘 다 휴무였고, 그래서 그들은 살고 있는 강원도의 중소도시 외곽의 동물원에 함께 가기로 약속했다.

"으응, 그 동물원? 거길 가려고?"

어젯밤 도시락으로 쓸 김밥 재료를 손질하고 있던 그를 보면서 룸메이트가 뜨악한 표정으로 물었다.

"응. 난 여자 친구 생기면 꼭 동물원에 함께 가고 싶었거든."

그는 우엉을 얇게 썰면서 말했다.

"그래도, 거긴 좀 그런데…… 부도 직전이라는 말도 있고…… 사람들도 거기 잘 안 가잖아?"

그가 주경 씨와 함께 가기로 한 동물원은 지은 지 이십 년도 더 된 곳이었다. 한때는 놀이동산도 같이 운영하고 있었지만,

시설 투자가 제때 이루어지지 않고 그래서 사람들의 발길도 끊기고, 그런 악순환이 계속되다가 지금은 동물원만 겨우 운영되고 있는 상황이었다. "사람도 없고 한적하고 좋지 뭐." 그는 룸메이트 말에 아랑곳하지 않고 게맛살을 잘게 찢었다. 실제로 그는 그것을 바라기도 했다. 사람도 없고, 한적한 그곳을…….

표를 끊고 동물원 입구에 들어섰을 때부터 무언가 좀 이상한 기분이 들기는 했다. 동물원 축사로 이어지는 보도블록에 풀이 아무렇게나 무릎 높이까지 자라 있는 것도 그랬지만, 토끼와 닭들이, 심지어는 오골계까지, 우리 밖으로 나와 그것들을 뜯어먹고 있다는 게……. 그가 예상한 풍경과는 많이 달랐기 때문이었다. 주경 씨는 토끼 앞에 주저앉아 오랫동안 풀을 뜯어 주었다. 토끼들은…… 죄다 무슨 요크셔테리어로 빙의한 듯 지나치게 먹성이 좋았다.

원숭이 축사에서도 사정은 달라지지 않았다. 원숭이들은 그와 주경 씨를 보자마자 마치 방금 화상이라도 입은 것처럼 잠시도 가만히 있지 않고 쇠창살 이곳저곳에 달라붙었다가 떨어졌다가 난리를 피워댔다. "허허, 이놈들이…… 이게…… 왜 이

럴까요?" 그는 원숭이를 바라보는 주경 씨의 표정이 점점 어두워지는 것을 보며 부러 웃으면서 말을 건넸지만 그녀의 얼굴은 나아지지 않았다. 어어, 이게 아닌데…… 동물원을 거닐면서 서로의 얼굴을 더 오래 바라봐야 하는데……. 그는 그때 처음으로 룸메이트의 말을 듣지 않은 걸 후회했다.

압권은 반달가슴곰 축사에서였다. 그러니까 그는 태어나서 처음으로 반달가슴곰이 우는 소리를 들었는데, 그것도 한 마리가 아닌 세 마리가 울부짖는 소리를 듣게 되었는데……. 그것이 그냥 무심히 지나칠 만한 소리는 아니었다. 반달가슴곰들은 두 발로 선 채, 마치 구걸을 하는 사람처럼 한 손을 우리 밖으로 내밀며 울부짖었다. 반달가슴곰들의 키는 세 마리 다 그의 어깨 높이 정도였고, 그래서 모두 다 중학생들처럼 보였다. 중학생들이 구걸을 하는 것처럼 보였다. 주경 씨는 그 모습을 보고 기어이 울음을 터뜨렸는데…… 그러면서도 그 앞을 떠나지 않았다. "어떻게 좀 해봐요." 그녀는 울먹거리는 목소리로 그렇게 말하기도 했다. 그러니, 어쩌랴. 그는 메고 있던 배낭에서 주섬주섬 도시락을 꺼내 김밥을 하나하나 중학생 곰들에게 던

져주기 시작했다. 이걸 줘도 되나? 하는 의구심도 들었지만, 그런 걱정은 하지 말라는 듯 반달가슴곰들은 김밥을 잘도 받아먹었다.

그는 자신이 정성껏 싼 김밥을 받아먹는 반달가슴곰들을 바라보면서, 어쩐지 이것이 이 동물원의 운영방침은 아닐까 하는 생각을 하게 되었다. 그러면서 또 한편 동물원이 한적해지면 제일 먼저 위험해지는 것은 바로 동물들이라는 것을, 그것이 동물원의 숙명이라는 것을 비로소 깨닫게 되었다. 주경 씨의 눈물은 쉬이 그치지 않았다.

타인 바이러스

 그는 더 이상 참을 수가 없었다. 안개처럼 공기 중으로 퍼져 나가는 기침 입자, 몸을 뒤척일 때마다 수시로 그의 팔꿈치에 와 닿는 손등……. 그는 담요를 이마 바로 아래까지 덮고 있다가 좌석에서 일어났다. 모두가 잠들어 있는 밤 비행기, 그는 스튜어디스를 향해 뚜벅뚜벅 걸어갔다.
 그러니까 그건 불가항력적인 일이었다. 아일랜드 더블린에 들렀다가 다시 한국으로 돌아오는 길, 그는 어쩔 수 없이 두바이 공항에 잠시 머물 수밖에 없었다. 아일랜드에서 한국으로 향하는 직항 비행기가 없었기 때문이었다. 중동이라, 중동이란 말이지……. 그는 두바이 공항 환승 구역으로 들어서면서 혼잣말처럼 중얼거렸다. 띄엄띄엄 터번을 쓴 사람들과 콧수염을 기른 남자들의 모습이 보이기 시작했다. 그는 노트북 가방 안쪽 지퍼를 열고 비닐 팩에 보관해 두었던 마스크를 꺼냈다.

 더블린에 있을 때도 그는 수시로 인터넷에 접속해 한국 상황을 체크했다. 메르스(중동호흡기증후군) 환자가 거쳐 간 병원과 동선, 감염 경로에 대해선 따로 수첩에 메모를 하기도 했다. 아일랜드 출장 일정이 끝나가고 있었지만 한국의 상황은 아직 나아질 기미가 보이질 않았다. 좀 더 아일랜드에 머물렀으면 좋으련만, 그가 일하고 있는 어학원 원장은 직원들의 복지나 개인 사정 따위에는 눈곱만큼도 관심이 없는 사람이었다. 그는 원장이 정해준 일정 그대로 움직여야 했고, 원장이 끊어준 항공권에 따라 이동해야만 했다. 그가 일하고 있는 어학원은 중동호흡기증후군 환자가 발생한 병원과 버스로 십 분 거리에 위치해 있었다.

 그는 두바이 공항에 머무는 세 시간 동안 모두 네 번 손을 씻었고 두 번 양치질을 했으며 105번 게이트 앞 대기좌석을 물

티슈로 꼼꼼하게 네 번 닦아냈다. 그러고도 쉬이 마음이 놓이지 않아 비행기 탑승 삼십 분 전부터는 사람들이 지나다니지 않는 청소 도구함 옆 빈 공간에 등을 돌리고 가만히 서 있기만 했다.

사실 그는 그렇게 깔끔한 사람이 아니었다. 화장실에서 일을 보고 나서 손을 씻지 않은 경우도 왕왕 있었고, 구강 청결제나 손 세정제를 따로 쓰는 편도 아니었다. 하지만 이젠 사정이 달라졌다. 운이 나쁘면 자기 자신을 지킬 수 없게 된다, 타인은 그저 믿을 수 없는 바이러스일 뿐이다……. 그것이 그가 믿는 전부가 되었다.

문제는 두바이에서 떠나는 한국행 비행기에 몸을 싣자마자 벌어졌다. 그의 좌석 번호는 통로 측 13D였다. 그의 바로 옆 좌석엔 칠십대 초반쯤 되어 보이는 할머니 한 명과 오십대 중반의 아주머니 한 명이 앉아 있었다. 그 둘은 일행처럼 보였는데, 할머니가 가운데, 오십대 중반의 아주머니가 창가 쪽 좌석이었다. 비행기 좌석은 좁았고, 그래서 그의 팔꿈치에 할머니의 몸이 자주 닿았다. 할머니는 연신 끙끙 소리를 내며 상체를 비틀었다.

 그가 아연실색 불안과 공포에 휩싸이게 된 것은 기내식이 나오고 얼마 지나지 않았을 때부터였다. 할머니가 몇 번 잔기침을 한 것까지는 참을 수 있었으나, 창가 쪽 아주머니와 나누는 대화를 얼핏 엿들은 뒤부터는 후들후들 다리까지 떨리기 시작했다.

 "중동에선 얼마나 사신 거예요?"
 "몰라, 한 삼십 년 되나? 중동이라면 이제 아주 지긋지긋해."
 "그럼 이번에 아예 서울로 이사 가시는 거예요?"
 "영감도 없는 마당에…… 나 혼자 중동에 있으면 뭐해……."
 중동과 기침…… 중동에서 삼십 년…… 그리고 잔기침……. 그는 담요를 이마까지 덮고 있었지만, 그걸로 해결되는 것은 아무것도 없어 보였다. 좌석을 바꿔야 한다, 좌석을 바꿔야 한다…….

 스튜어디스는 그의 사정을 듣고 승객 좌석표를 확인하더니, 잠깐 갸우뚱한 표정을 지었다. 그러곤 그와 함께 할머니 좌석 쪽으로 다가갔다. 스튜어디스 손에는 체온기가 들려 있었다.

"할머니, 몸이 좀 안 좋으세요?"

스튜어디스의 말에 할머니는 부스스 잠에서 깨어났다. 창가 쪽 아주머니도 고개를 들어 남자를 바라보았다.

"그냥 잔기침이지 뭐…… 늙으면 다 이래."

"할머니 지금 스위스 다녀오시는 길 맞죠? 두바이에서 비행기 갈아타시고."

"응, 우리 아들이 효도 관광 보내줘서. 근데 왜?"

"아니…… 이분이 할머니 중동에서 오래 지내셨다고…… 그래서 좀 걱정이 된다고 해서……."

"이 할머니 중동에서 오래 산 거 맞아요. 아니, 그걸 어떻게 알았대?"

창가 쪽 아주머니가 말을 보탰다. 스튜어디스가 다시 차근차근 말을 이었다.

"아니, 지금 스위스 다녀오신다면서요?"

"누가 뭐래? 스위스 갔다 오는 거야. 집은 중동이고. 부천시 중동. 나, 거기서 삼십 년 살았는데."

그와 스튜어디스의 눈이 마주쳤다. 그는 어쩐지 목울대가 간

질간질 잔기침이 나올 것만 같았다. 그는 얼른 고개를 반대편으로 돌렸다.

아내의 방

 처음엔 단순히 열대야 때문이라고 생각했습니다. 그것 말고는 딱히 다른 이유 같은 건 없어 보였거든요. 네, 맞습니다. 지난 6월 중순부터였어요. 사실…… 저나 아이들이나 아내가 베란다에서 잠을 잔다는 사실을 꽤 오랫동안 알지 못했던 게 맞습니다. 그땐 아내가 잠만 그곳에서 잤거든요. 새벽에 화장실을 가려고 거실에 나왔다가 베란다에 이불을 깔고 잠들어 있는 아내의 모습을 처음 보았습니다. 하지만 전 그때도 별일 아니라고 생각했지요. 더워서 저러나, 하고 말았을 뿐입니다. 이 나이쯤 되면 부부라도 한 침대에서 자는 게…… 그저 의무감처럼 느껴지는 때가 많지 않습니까? 각방 쓰는 부부들도 많고……. 아, 저요. 저는 올해 쉰두 살이고요, 작은 중장비 임대 사업체를 운영하고 있습니다. 고등학교 2학년이 된 아들과 중3인 딸아이를 두고 있지요. 네, 많이 바쁩니다. 새벽 여섯 시부터 사무실에 나가 있어야 하고요, 저녁엔 거래업체 소장들이나 소속 기사들하고 회식하는 날이 많습니다. 하지만 뭐 도박을 하거나 이상한 주벽이 있지도 않습니다. 다른 가장들과 마찬가지로 어쨌든 이 땅에서 애들 뒷바라지하고 남들보다 뒤처지지 않으려고 발버둥치는 거, 그거 말고 뭐가 있겠습니까? 그래서 사실 아내가 더 이해되지 않았던 것도 맞고요……. 처음엔 잠만 베란다에서 자던 아내는 어느 날부터인가 아예 그곳 베란다에 간이침대를 들여놓고, 마치 그곳이 자신의 방인 듯 생활하기 시작했습니다. 아, 아닙니다. 다른 건 전혀 달라지지 않았어요. 제 아침 식사도 늘 챙겨줬고 아이들 간식이나 빨래, 청소, 뭐 다른 잡다한 집안일도 예전처럼, 아무 일 없는 사람처럼 해나갔거든요. 단지 생활만 그곳에서 했을 뿐입니다. 그곳에서 책을 보고, 그곳에서 잠을 자고, 그곳에서 빨래를 개켰습니다. 어쩌다 주말 저녁 가족 모두가 거실에 앉아 TV를 볼 때도 아내는 그곳 베란다에 앉아 거실 유리창 너머로 브라운관을 쳐다보았습니다. 참다못해 제가 소리를 지른 적도 있었지요. 지금 그게 뭐 하는 짓이냐고, 그게 무슨 청승이냐고. 아이들도 대놓고 말은 못 했지만, 아마도 제 엄마 때문에 많이 불편했을 겁니다. 막내가 몇 번, 엄마가 어디 아픈 건 아니냐고 저한테 물어온 적도 있었으니까요. 하지만 아내는 제 말에도 요지부동이었습니다. 기껏 한다는 말이 몸에 열이 많아서 그렇다고…… 여기가 편해서 그런다고만 하니……. 저도 말문이 막힐 수밖에요. 다른 문제는 전혀 없었으니까요.

그런 아내가 사라진 건 지난 일요일 저녁이었습니다. 그때도 모처럼 가족 모두 저녁을 먹고 거실에 앉아 TV에서 해주는 예능 프로그램을 보고 있었습니다. 아내는 또 예의 베란다에 앉아 유리창 너머로 TV를 보고 있었지요. 그렇게 한참 동안 TV를 보다가 어느 순간 슬쩍 베란다를 바라보았는데, 아내가 사라지고 없었습니다. 아, 이런 말 하는 제가 참 괴롭지만…… 사실 전 처음엔 아내가 베란다 너머로, 그러니까 12층 아래로 뛰

어내린 줄로만 알았습니다. 그렇지 않고선 그렇게 감쪽같이 사라지는 일은 불가능하니깐요. 거실엔 분명 저와 아이들이 있었고, 밖으로 나갔다면 우리들이 보지 못했을 리가 없지요. 아내의 짐도, 옷도, 신발도 모두 그대로였고요……. 그렇다면 가능성은 한 가지밖에 없지 않습니까? 저는 아내가 사라진 걸 알고 제일 먼저 엘리베이터를 타고 1층 정원부터 살펴봤습니다. 하지만 그곳에도 아내의 흔적은 발견되지 않았어요. 안방에도, 거실에도, 화장실에도, 아내는 마치 연기처럼 훅, 사라지고 만 것입니다. 네, 그래서 사실 며칠 동안 신고를 하지 못한 게 맞습니다. 안개가 걷히듯 획, 사라지고 말았다는 말을 그 누구에게 할 수 있겠습니까?

이런 말을 하면 좀 미친 사람처럼 보이겠지만…… 우리 집 막내는 제 엄마가 빨래가 되어버렸다는 말을 했습니다. 그도 그럴 것이 아내가 사라지고 난 베란다엔 아무런 흔적 없이 아내가 평상시 집에서 입던 목 부위가 늘어난 티 한 장만이 건조대 위에 초라하게 널려 있었거든요. 세탁기가 있고, 빨래 건조대가 있고, 재활용품 모아두는 통이 있고, 아내의 간이침대가 있는 베란다에 외롭게 걸려 있는 아내의 늘어난 티셔츠 한 장……. 저는 아내의 간이침대에 앉아 그 티셔츠를 오랫동안 쳐다보다가 베란다 창문을 바라보았습니다. 베란다 창문을 통해 보이는 것은, 바로 앞 동 아파트의 불 켜진 주방이었습니다. 그 주방에서 설거지를 하고 밥을 짓는 다른 많은 아내들……. 아내 또한 그 모습을 오랫동안 지켜보았겠죠.

한데 정말 제 아내는 어디로 사라진 것일까요? 정말 빨래가 되어버린 것일까요? 저는 정말 무엇이 잘못된 것인지 지금도 알 수 없습니다.

그녀와 마주한 어느 오후

그가 여자와 단둘이 만나는 것은 거의 십 년 만의 일이었다.

대학교 2학년 때였던가, 고등학교 동창이 주선한 소개팅에 나간 것이 마지막 기억이었다. 그 뒤로 마주 앉아 서로 얼굴을 보며 이야기한 여자는 올해 환갑을 맞은 그의 어머니가 유일했다.

어머니는 그에게 주로 이런 이야기를 했다.

"암만 집구석에 처박혀 있다 해도 머리도 감고 세수도 좀 하고 그래라."

"시험공부를 하는 것도 아니면서 뭐한다고 맨날 그렇게 새벽까지 불 켜놓고 있어? 전기세는 뭐 나라에서 공짜로 내주는 줄 알아?"

"환갑 넘긴 네 아버지도 저렇게 새벽부터 밤까지 택시 모느라 고생하는데⋯⋯."

물론 그 또한 자신의 인생이 이렇게 한심하게 흘러가게 될지 예상하지 못했다. 수도권 소재의 한 사립대 행정학과에 입학했을 때까지만 해도 그는 자신이 졸업과 동시에 7급 공무원이 될 것이라고 생각했다. 그는 자신의 앞날이 비 갠 다음 날의 하늘처럼 창창할 거라 믿었다. 하지만 한 해 두 해 시험에서 떨어지고, 7급에서 9급으로, 노량진에서 다시 동네 공공 도서관으로 옮겨오는 동안, 그의 머릿속에서 점점 커지고 또렷해진 단어는 오직 하나, 낙오자, 글씨 모양새마저도 강파르고 야박해 보이는 단어, 그거 하나뿐이었다. 그는 이제 더 이상 공공 도서관에도 나가지 않았고, 시험공부도 하지 않은 채 제 방 한쪽 구석에 틀어박혀 시간을 흘려보내고 있었다. 머리는 일주일에 한 번 감을 때가 많았다.

그런 와중에 그의 휴대전화로 낯선 전화가 걸려왔다. "채현종 사장님 핸드폰 맞지요?" 그것은 명백히 잘못 걸려온 전화였다. 그의 낡은 폴더형 휴대전화는 지난 몇 달 동안 단 한 번도 울린 적이 없었다. 그는 말없이 전화를 끊으려고 했다. 하지만 반대편에서 연이어 목소리가 들려왔다.

"지난번에 보내드린 우편물 보셨어요? 짧게라도 시간을 내주시면 제가 더 자세히 설명드릴 수 있는데……."

젊은 여자의 목소리였다. 그녀의 목소리는 상냥했고 친절했으며, 또 조금 간절해 보이기까지 했다. 그는 창문 밖을 무연히 바라보다가 "그럼, 만나서 얘기하시죠, 뭐"라고 대답했다. 그는 그렇게 말하는 스스로에게 조금 놀라기도 했지만, 또 한편 누군가가 못 견디게 그립기도 했다. 그는 어쩐지 조금 눈물이 날 것 같기도 했다.

약속 시간 이십 분 전이었지만, 여자는 벌써 커피숍에 나와 있었다. 커피숍에는 여자 외에 다른 손님은 없었다. 그는 커피숍 통유리 밖에서 흘끔흘끔 여자를 훔쳐보았다. 여자는 보험설계사라고 했다. 그녀는 지금 '채현종 사장님'을 만나 변액 연금보험 가입을 성사시킬 기대를 하고 있을 것이다. 그는 커피숍 통유리에 비친 자신의 모습을 바라보았다. 허름한 점퍼와 무릎이 나온 청바지, 세 달 넘게 깎지 못한 머리카락까지. 처음 집에서 나올 때까지만 해도 그는 계속 '채현종 사장님'으로 행세할 생각이었다. 그렇게 해서라도 누군가와 마주 보고 이야기를 하고 싶었다. 하지만 통유리에 비친 자신의 모습을 보곤 이내 그런 마음이 사라졌다. 그는 그대로 집으로 돌아갈 생각을 했다.

그가 막 돌아서려고 했을 때, 여자가 휴대전화를 들고 커피숍 밖으로 걸어 나왔다. "그래, 철민아, 엄마가 미안해. 엄마가 오늘 중요한 약속 때문에 그랬어." 여자는 커피숍 반대편 대로를 바라보면서 통화를 했다. 그는 등을 돌린 채 여자의 목소리를 듣고만 있었다. "엄마가 다음엔 학교에 꼭 갈게. 진짜야. 응응, 그래 약속할게." 여자는 그렇게 말한 뒤 다시 커피숍 안으로 들어갔다.

그는 쉽게 커피숍 앞을 떠나지 못했다. 그는 몇 번 하늘을 쳐다보았고, 멀거니 통유리 안 그녀를 바라보았다. 그녀는 가방에서 서류 봉투를 꺼내 탁자 위에 가지런히 정리해놓기 시작했다. 그는 그냥 집으로 돌아가려는 자신의 마음과 싸워야만 했다. 그는 용기를 내야만 한다고 생각했다.

그는 숨을 한 번 깊게 들이마신 후, 커피숍 문을 열고 안으로 들어갔다. 그러곤 그녀에게 다가가 더듬더듬 이렇게 말하기 시작했다.

"저기요…… 저는 김상호라고 하는데요…….'"

비치보이스

 우리도 해수욕장에나 놀러 갈까? 춘길이가 처음 그렇게 말했을 때 그냥 먼 산이나 바라보면서 하품이나 하고 넘어갈걸……. 왜 그랬을까? 왜 나나 덕진이나 그 말에 그렇게 쉽게 혹하고 넘어가고 만 것일까? 아마도 춘길이가 했던 그다음 말, 그 말 때문이 아니었을까? 우리도 해수욕도 막 하고, 여대생들한테 막 헌팅도 걸고, 또 막, 또 막 그러는 거지. 스물두 살 백수 처지에, 남들 다 가는 대학교도 못 가고, 그렇다고 무슨 직업 훈련을 받고 있는 것도 아니고, 9월 군 입대 영장마저 받아놓은 처지이니, 그래, 객기라도 한번 부려보는 심정으로, 그 말을 진지하게 받아들인 것인지도 모른다. 그런데 여자들이 우리 대학생 아닌 거 금세 눈치채면 어쩌지? 덕진이가 그렇게 물었을 때도 춘길이는 아무렇지 않게 말했다. 해수욕장에선 다 벗고 있으니까 뭐, 막 티 나진 않을 거야. 아니, 그러다가 어려운 거, 전공 같은 거 물어보면 어떡해? 춘길이는 그 말에 잠시 뜸을 들이다가, 뭐 막 체육특기자라고 그러지. 뭐, 마장마술 같은 거 한다고……. 돈은? 돈은 어쩌지? 너 돈 있어? 내가 그렇게 물었을 때 춘길이나 덕진이는 다시 원래의 그 모습, PC방에서 밤을 지새우고, PC방에서 컵라면을 사먹기 위해 전단 돌리는 아르바이트나 가끔씩 하는 본연의 그 모습으로 돌아왔다. 돈은…… 거기 가서 아르바이트하지, 뭐. 며칠만 해수욕장에서 아르바이트하면 일주일은 놀다 올 수 있을 거야. 춘길이는 쉽게 물러서지 않았다. 내가 예전에 TV에서 봤는데, 해수욕장엔 여자들 등에 오일 발라주는 아르바이트도 있대. 이걸 그냥 막 바르기만 하면 돈을 주는 거지. 춘길이의 말에 덕진이는 입을 딱 벌리기만 했을 뿐, 더 이상 아무것도 묻지 않았다. 그러니까…… 그러니까 내 잘못이 크다……. 나라도 그때 정신을 차

리고 친구들을 말렸어야 했다. 여기가 무슨 지중해 연안이라고 오일 발라주는 아르바이트가 있을까? 왜 그렇게 정신을 차리지 못했던 것일까? 오일이라곤 프라이팬에 식용유 쳐본 것이 전부인 처지에…….

그러니까 실제로 우리는 달랑 편도 차비만 손에 쥔 채 사흘 후 강원도에 있는 P해수욕장을 찾아갔고, 점심을 옥수수 하나로 때운 처지인지라 어떡하든 춘길이의 계획처럼 빨리 오일 발라주는 아르바이트를 구해야 했는데, 안타깝게도 우리에게 떨어진 아르바이트 자리는 해수욕장 인근 사설 주차장 주차관리 요원 자리였다.

"마침 사람이 필요하긴 한데 말이야…… 우리가 필요한 건 딱 두 명뿐인데……."

밀짚모자를 쓴 주차장 사장은 우리 세 명을 세워 두고 그렇게 말했다. 오전 아홉 시부터 저녁 여섯 시까지, 둘이 합해서 일당 십만 원을 주는 조건이었다. 숙식이 필요하면 그것도 따로 제공한다는 말도 덧붙였다. 나라도 멀쩡한 정신을 가지고 있었다면, 그러니까 33도는 훌쩍 넘는 한낮의 온도와 그늘 한 점 없는 아스팔트의 지열과 자동차들이 내뿜는 배기가스를 계산에 넣었다면 단칼에 거절했어야 옳았지만…… 눈앞에 펼쳐진 해수욕장과 그곳에서 뛰놀고 있는 여자들과 당장이라도 그 여자들 앞에서 마장마술을 부릴 것 같은 춘길이와 덕진이를 보고 있자니, 그래 딱 나흘만, 딱 나흘만 고생하고 놀자 하고 말았던 것이다. 필요한 인원은 두 명뿐이지만 세 명이 나눠서 하면 덜 피곤할 테니……. 그래, 그냥 눈감고 하자, 생각했던 것이다.

결과적으로 말하자면 우리는 채 사흘을 채우지 못하고 주차장 아르바이트를 그만두고 말았다. 처음, 세 명이 교대로 일을 할 땐 그런대로 어떻게든 버틸 수 있었지만…… 덕진이가 몇 시간 만에 더위 먹은 개처럼 입을 계속 벌린 채 침을 헐떡이고(실제로 침을 질질 흘리면서 주차 안내를 했다), 그 뒤론 아예 걷지 못하는 상황이 되자 춘길이와 나, 단둘이 일을 할 수밖에 없었다. 이틀째 되는 날엔 춘길이가 주차된 자동차 옆에 주저앉다가 종아리 부위에 커다랗게 화상을 당하고 말았다(자동차 배기구가 그렇게 뜨겁게 달아오를 수 있다는 걸, 그때 처음 알았다). 춘길이의 종아리엔 금세 수포가 올라왔지만, 춘길이는 그 종아리를 질질 끌면서 주차 안내를 했다. 나는 그 모습을 가만히 바라만 보았다. 한 친구는 더위를 먹어 연신 침을 흘리고, 또 한 친구는 화상을 입어 다리를 저는…… 그러면서도 이틀 뒤엔 남들처럼 해수욕장에 나가 헌팅을 할 수 있을 거란 기대를 저버리지 않는 친구들…….

나는 사흘째 되는 날 아침, 사장에게 가서 일을 그만두겠다고 말했다. 밀짚모자를 눌러쓴 사장은 덕진이와 춘길이를 한번 쓱 바라보더니 그러라고 흔쾌히 일당을 정산해주었다. 이틀 일했으니까 이십만 원. 거기에서 세 사람 이틀치 숙박비, 식사비를 제하고 나니 팔만 원.

"아니, 숙박비 식사비를 왜 제하는 거죠?"

내가 따지자 사장이 말했다.

"그건 내가 미리 말했잖아? 따로 필요하면 제공하겠다고. 지금 같은 성수기에 공짜가 어딨니?"

나는 어쩐지 좀 눈물이 날 거 같았다. 해변엔 사람들이 손대면 델 것 같은 미소를 머금고 이리저리 뛰어다니고 있었다.

출마하는 친구에게

내 친구 진만이에게.

전화를 할까 직접 만나서 얘기를 할까 고민하다가 이렇게 편지를 쓴다. 너도 이미 눈치채고 있겠지만…… 그래 진만아, 우리 친구들 모두 지금 네 전화를 피하고 있는 게 맞아. 네 문자가 오면 확인도 안 하고 지워버리기 일쑤고, 심지어는 수신 거부 해놓은 친구도 몇 명 있다고 하더라. 너는 좀 아프겠지만 그게 사실이야. 난 지금 사실만 얘기하려고 해.

진만아.

네가 사 년 전 시의원 선거에 나왔던 때를 기억해. 그땐 우리 친구들 모두 놀라서 술자리마다 네 이야기를 하곤 했어. 그도 그럴 것이 넌 정치니 선거니 하는 것들과 무관하게 살아온 평범한 사십대 초반의 가장이었잖니. 더구나 그때 넌 막 숯불돼지갈비집을 개업해서 정신없이 숯을 만들고 있을 때였고……(이런 말은 굳이 하지 않으려 했지만, 그때 우리가 너희 갈비집 매상 올려주기 위해서 동창회니 직장 모임이니 모두 다 그곳에서 한 거 기억나지? 그냥 말이 그렇다는 얘기야).

모두 너의 선택에 의아해하고 있을 때, 성진이가 그러더라. 걔가 왜 이번에 입주한 아파트 동대표가 됐잖아. 그때부터 바람이 좀 들어갔나 봐. 그제야 우리도 좀 이해되는 게 있더라. 왜 그때 네가 입주한 아파트 문제 때문에 지방신문에서도 대서특필하고, 꽤 시끄러웠잖아. 국도 변에 지어놓고 약속한 방음벽도 세워주지 않는다고, 길 건너편 시멘트 공장에서 날아온 분진 때문에 집에서도 마스크를 써야 한다고. 아파트 입주민들이 시청에 몰려가 데모도 하고 그랬잖아. 아마 그 문제 때문인 거 같아. 아파트 사람들이 걔 등을 떠민 것도 있고. 성진이가 그렇게 말하자 우리 모두는 고개를 끄덕였지. 충분히 네 출마 이유가 납득이 된 거였어.

　진만아.

　그때 우리 친구들 모두 네 선거를 열심히 도왔던 거 기억나지? 선거 자금은 못 도와줘도 성심성의껏 몸으로 때웠잖아. 주말이면 너와 함께 명함도 돌리고, 네 등 뒤를 졸졸 따라다니며 '박진만! 박진만!' 구호도 외치고(그때 내가 네 선거 캐치프레이즈 만든 것도 잊지 않았지? '관훙동의 숯불이 되겠습니다!' 이거 내가 정해준 거잖아), 심지어 성진이는 돼지 인형 탈 쓰고 하루 종일 육교 위에 서 있기도 했잖아.

　진만아.

　그래, 그때 네가 그 선거에서 상처 받은 거 이해해. 우리도 정말 충격을 받았으니까. 우린 정말 네가 120표를 받을 줄 몰랐어. 아니, 아파트 입주 세대만 600가구가 넘는데, 어떻게 그 정도 표밖에 받지 못했을까. 성진이는 그러더라. 자기 조카가 학교 학생회장에 나갔다가 3등으로 떨어졌는데, 그때도 200표 넘게 받았다고……. 아마 네가 전국에서 꼴찌를 한 거 같다고……(이런 말까진 굳이 하고 싶지 않았는데, 네가 선거 이후

'백만이'로 친구들 사이에서 불린 건 그런 사정 때문이었어).

　백만아. 아니, 진만아.

　우리 친구들 모두 선거 이후, 네가 얼마나 힘든 시절을 보냈는지 잘 알고 있어. 아파트도 팔고 다시 세입자 신세가 된 것도, 숯불돼지갈비집도 정리하고 작은 통닭집으로 업종 전환한 것도, 다 선거 때 쓴 비용 때문이었겠지. 그러면 진만아…… 이제 정신 차리고 장사에 매진해야지, 또 선거라니 이게 무슨……. 이번엔 출마하는 명분도 없잖니?

　성진이는 그러더라. 네가 이번엔 조류독감 때문에 출마하려는 거 같다고……. 그게 사실인지 농담인지 알 수 없지만, 아니, 진만아. 그런다고 죽은 닭들의 영혼이 위로되겠니? 우리 동네엔 양계장 하는 집도 없잖니? 닭들은 투표권도 없잖니?

　진만아.

　친구들 모두 네 전화를 피하는 건, 네가 제발 정신을 차리길 바라는 마음에서야. 성진이는 다시 닭 인형 쓰고 동네를 돌아다녀야 하는 건 아닐까, 걱정을 하고 있어. 나는 차라리 네가 친구들 앞에서 솔직하게 고백을 했으면 해. 통닭집은 잘 안 되고 시의원 연봉은 꽤 괜찮으니 업종 전환 차원에서 출마하는 거라고……. 그러면 우리 친구들도 너를 도와줄지 모르잖니?

하지만, 그래도 친구야.

나는 이번에 네가 출마하지 않기를 진정으로 바란단다. 내 말 서운해하지 말고, 꼭 새겨들었으면 해. 우리가 통닭집 자주 갈게. 선거 끝나면 맥주나 한잔하자.

미드나잇 하이웨이

 그래, 아버지 산소까지 갈 필요도 없다. 여기가, 여기가 오히려 더 적당하다. 나는 깜빡이를 넣고 핸들을 오른쪽으로 틀면서 그렇게 생각했다. 새벽 세 시 반. 경부고속도로 하행선 신탄진 방면 '졸음 쉼터'엔 정차한 트럭 한 대, 가로등 하나 보이지 않았다. 성의 없이 만든 나무 모형 벤치 하나가 어둠 속에 쓸쓸하게 웅크리고 있을 뿐이었다.

 나는 차창을 한 번 내렸다가 다시 끝까지 올렸다. 시간을 끌 필요는 없었다. 더 이상 후회도 미련도 없었다. 생각하면 생각할수록 고통만 더 커질 뿐. 나는 조수석 위에 놓인 검정 비닐봉지에서 투명테이프를 꺼내 들었다. 그것으로 차 문 유리창 끝부분을 촘촘하게 막았다. 한 번으로 안심되지 않아 두 번 세 번 겹쳐 붙였다. 그것만으로도 차 안 공기는 이전보다 더 농밀해진 느낌이었다. 이제 남은 것은 화덕에 번개탄을 넣고 불을 붙이면 그뿐. 나는 뒷좌석 바닥에 무뚝뚝한 표정으로 놓여 있는 작은 항아리만 한 화덕을 내려다보았다. 만오천 원을 주고 산 화덕. 나를 끝장낼 화덕.

죽을 생각까지는 해본 적 없었다. 상황이 자꾸 바닥으로 내려가는 것을 느꼈지만 그럴수록 까닭 없는 오기 같은 것이 생기기도 했다. 하긴 그랬으니까 사채까지 손댄 것이겠지……. 아버지는 왜 그런 부채투성이 주물 공장을 나에게 떠넘기다시피 물려주고 떠난 것일까? 원망하는 마음마저도 이젠 오래전 달아놓은 플래카드처럼 너덜너덜해진 느낌이다. 나는 번개탄과 함께 산 소주를 한 모금 들이켰다. 눈물은 더 이상 나오지 않았다.

상체를 돌려 주섬주섬 번개탄을 화덕 위에 올려놓았을 때, 별안간 주위가 환해졌다. '졸음 쉼터' 안으로 트럭 한 대가 천천히 들어오는 것이 보였다. 나는 운전석 깊숙이 상체를 숙이고 돌아앉았다. 트럭의 헤드라이트가 너무 밝았다. 어차피 잠깐 눈이나 붙이고 갈 사람이려니. 나는 조용히 헤드라이트가 꺼지길 기다렸다.

헤드라이트가 꺼지고 얼마 후 누군가 똑똑 차 문 유리창을 두드렸다. 주머니가 지나치게 많이 달린 붉은색 등산 조끼를 입은 남자였다. 나는 차창을 내리려다가 투명테이프 생각이 나, 그대로 운전석 문을 열고 밖으로 나갔다.

"아, 혹시 라이터 좀 빌릴 수 있을까 해서요. 이게 트럭이라고 원, 라이터 잭도 나가고 엉망이어서……."

남자는 두 손을 비비면서 말했다. 목소리가 가는 사람이었다.

"쓰고 그냥 가지세요."

나는 주머니에 있던 라이터를 그에게 건네준 후 차 안으로 들어왔다. 이거 고마워서 어쩌죠, 하는 소리가 들려왔지만 나는 운전석에 앉은 채 그냥 두 눈을 감아버렸다. 무언가 삐끗 리듬이 깨진 듯했다.

다시 소주를 한 모금 마시고, 한 달 전 서류까지 깨끗하게 정

리하고 떠난 아내를 생각하고 있을 때쯤…… 또 한 번 똑똑 남자가 유리창을 두드렸다. 아, 이 사람이 왜 이러는 걸까? 나는 최대한 화를 참으며 다시 운전석 문을 열고 밖으로 나갔다.

"아, 이건 제가 선생님께 고마워서 그러는 건데요, 이게 진짜 유명한 간잽이가 손을 본 고등어거든요. 제가 이걸 마트에 사만팔천 원에 납품하는 건데, 선생님한텐 그냥 삼만 원만 받고 넘길게요. 이게 염장이 아주 제대로 된 거라서."

아이 씨, 정말……. 생각 같아선 그냥 삼만 원을 주고 사고 싶은 심정이었다. 하지만 지금 내 지갑엔 만육천 원이 전부였다. 그리고 무엇보다 내가 죽은 후 화덕 옆에 간고등어가 놓여 있는 게 발견된다면…… 사람들은 과연 내 죽음을 어떻게 받아들일까?

나는 이번엔 아무 말 하지 않고 그를 잠깐 노려보기만 한 후 운전석 안으로 들어왔다. 하지만 그로부터 또 몇 분 지나지 않아 똑똑 그가 유리창을 두드렸다.

"뭡니까! 왜요! 왜 자꾸 이러시는 겁니까! 네?"

나는 바락바락 그에게 소리를 질러댔다. 하지만 그는 표정

변화 하나 없이 씨익 웃으면서 내게 말했다.

"저기 그러지 마시고요, 선생님. 여기 벤치에 앉아서 저하고 같이 고등어나 한 마리 구워 드시죠. 어차피 라이터도 저 주셔서 번개탄 붙이기도 어려울 텐데…… 뭐, 그냥 허기나 채우자고요. 별도 좋은데."

나는 그가 손에 쥔 라이터를 가만히 바라보았다. 그러자 나도 모르게 뚝뚝 눈물이 흘러내리기 시작했다.

내 남편의 이중생활

 그러니까 내 말 좀 들어봐요. 하 참, 기가 막혀서. 다른 집 남편들도 다 그런가요? 그래요, 맞아요. 우리 집 남편 얘기를 좀 하려고요. 저요? 이제 결혼 구 년차가 된 주부예요. 아니요. 전업주부는 아니고요, 일 년 전부터 생활비에 보탬이라도 될까 해서 아파트 단지 앞 마트에서 시간제 계산원으로 일하고 있어요. 이제 막 초등학교에 들어간 아들이 한 명 있고요, 재작년에 전세 자금을 대출받아 지금 사는 24평 아파트로 이사 왔어요. 남편요? 남편은 대형가전제품 대리점에서 판매직으로 일하고 있어요. 기본급이 있긴 한데, 판매수당에 따라서 매월 집으로 들고 들어오는 돈이 달라요. 늘 쪼들리고 팍팍한 생활이죠. 뭐, 그런 것 때문에 제가 지금 이러는 건 아니에요. 남들도 다 엇비슷하게 사니까 그저 그러려니 하는 거죠.

문제는 그놈의 SNS인가 하는, 아니 더 정확하게 말해서 남편이 손에서 못 놓는, 그 망할 놈의 페이스북, 그 얘기를 하려는 거예요. 댁의 남편들도 다 페이스북 하나요? 뭐, 많이들 하겠지요. 그게 꼭 나쁜 건 아니잖아요. 세상 사는 이야기도 들을 수 있고 낯선 사람들과 인맥도 맺을 수 있고……

저도 처음엔 그렇게만 생각했던 게 맞아요. 더구나 남편은 영업직에 가까운 일을 하고 있으니까 그게 다 도움이 되겠거니, 판매의 일환이려니 생각한 거죠. 한데 그게 좀 처음부터 이상하긴 했어요. 퇴근하고 돌아와서 우리 가족이 유일하게 함께 모여 식사를 하는 저녁 시간에도 손에서 스마트폰을 놓지 못한 채 혼자 킥킥거리질 않나, 소파에 누워 TV를 보면서도 십분에 한 번꼴로 반복적으로 만지작거리질 않나, 심지어는요, 침대에서 자다 깨어나서도 더듬더듬 스마트폰부터 들여다보더라고요. 저는요, 처음에 이 인간이 바람이 났나, 그렇게 생각했어요. 그렇지 않고선 저렇게 스마트폰에 페이스북에 집착할 이유가 없다고 생각했죠. 그러니까 저도 그때부터 페이스북을 시작한 거예요. 순전히 남편이 무슨 생각을 하나 감시할 목적으로······.

그래서 그때부터 남편의 페이스북에 올라온 글들과 사진을 하나하나 보기 시작했는데······. 참 가관도 그런 가관이 없더라고요. 거기엔 내가 그때까지, 그러니까 연애 기간까지 포함해 십 년 넘게 보아온 남편은 온데간데없고, 감상적이고 섬세하고 따뜻한, 심지어 지적이기까지 한 남자가 있는 거예요. 일테면 이런 식으로 말이에요. '비가 온다. 비가 오는 날이면 어디론가 무작정 떠나고만 싶다. 인도에 떨어지는 빗방울 하나하나에 잊고 산 내 꿈들이 방울방울 튀어 오르고 있다.'

참 나, 이런 걸 그 흔한 말로 지랄도 풍년이라고 하나요. 우리 남편은요, 머리가 가늘어서 비가 오는 날을 유독 싫어하거든요. 휴일에 비 오면 칼국수나 파전 같은 것을 먹고 하루 종일 소파에서 뒹구는 위인이죠. 그런 인간이 '잊고 산 꿈' 운운하니 이게 무슨 산성비를 소방 호스로 잘못 맞았나 그런 생각이 들더라고요. 그뿐만 아니에요. 'IT 계열'에서 일하고 있다, 지구의 미래를 위해 채식을 실천하고 있다 같은 자기소개는 애교로 봐 줄 수도 있었어요(남편은 일주일에 두 번 이상 삼겹살을 먹지 않으면 분노 조절이 잘 안 되는 사람이에요). 제가 정말 화가 났던 건 거실이나 베란다에서 남편 혼자 셀카를 찍어 페이스 북에 올린 후, 그 바로 아래 적어놓은 글 때문이었어요. '홀로 있는 밤은 더디게 흘러간다. 외롭고 긴 시간만이 남아 있을 뿐이다.' 그게 무슨 뜻이겠어요? 뻔하죠. 엄연하게 가정 있는 인간이 사기 치면서 여자들에게 작업 걸려는 수작이죠. 그 밑에 '페친'이라는 여자들이 '어머, 오빠 쓸쓸하구나. 힘내세요, 힘!' 같은 댓글들을 달아놓고, 거기에 남편이 또 달아놓은 '그래, 위로해줘서 고마워. 사는 게 캄캄한 밤길을 걷는 것 같네. 언제 술 한잔하자' 같은 댓글들…….

제가요, 그 글들 보다가 열이 나서 홧김에 남편에게 '페친'을 신청했어요. 어디 내 앞에서도 그따위 소릴 계속 할 수 있나 보자 하는 심정으로요……. 그랬더니 이 인간이 어떻게 했는지 아세요? 다음 날 바로 페이스북에서 탈퇴를 했더라고요. 그러면 된 거 아니냐, 그냥 심심풀이로 그런 거 아니냐, 그 정도쯤 이해해주라 하시는 분들도 있겠죠. 하지만 저는요, 아직도 마음이 안 놓여요. 페이스북은 탈퇴했어도 여전히 집에선 스마트폰만 만지작거리는 남편이요. 변기 위에 앉아서도 계속 셀카를 찍어대는 남편. 트위터나 밴드 같은 다른 SNS도 다 뒤져봐야 하는 거 아닐까요? 저도 이러다가 SNS에 중독될 것만 같으니, 이거 어쩌죠?

우리에겐 일 년 누군가에겐 칠 년

 땅은 잘 파지지 않았다. 삽날이 언 땅을 때릴 때마다 둔탁한 쇳소리가 어두운 전나무 군락지 너머로 길게 퍼져 나갔다. 밤은 깊었고 무릎을 스치는 한기는 더더욱 뾰족해져 갔다. 이게 도대체 뭐 하는 짓인가? 나는 삽질을 하면서 계속 그런 생각을 했다. 남양주에서 부천으로, 그리고 다시 차를 몰아 선산이 있는 경기도 가평에 도착한 것은 자정 무렵의 일이었다. 일을 아무리 일찍 마무리한다고 해도 새벽 네 시는 되어야 끝날 텐데…… 내일도 어김없이 여덟 시 반까지는 출근을 해야 하는데……. 그런 생각이 들 때마다 나는 힐끔힐끔 아버지 산소 옆에 쪼그려 앉아 있는 어머니를 바라보았다. 어머니는 마치 오래된 비석처럼 아무 말 없이 거기 가만히 앉아 있었다.

"네가 부천으로 건너와야겠다."

어머니의 전화를 받은 것은 퇴근 후 막 집에 도착했을 때였다. 월말인 데다 분기 사업 실적 보고서까지 겹쳐 몸과 마음 모두 세탁기에 넣어놓고 오랫동안 돌리지 않은 빨래처럼 후줄근해진 상태였다. 나는 따뜻한 물에 샤워를 하고 싶었고, 바로 잠들고 싶었다. 하지만 어머니는 단호했다.

"오늘 밤 안에 보내주고 싶구나."

나는 하마터면 어머니에게 '쓰레기 종량제 봉투' 이야기를 할 뻔했다. 하지만 나는 차마 그 얘기는 꺼내지 못했다. 전문업체를 알아보겠다는 말도 주말에 가겠다는 말도 하지 못했다. 나는 휴대전화를 든 채 말없이 서 있다가 다시 주차장으로 내려와 시동을 걸었다. 내가 살고 있는 남양주에서부터 어머니가 홀로 살고 있는 부천까지는 한 시간 반 남짓 걸렸다. 부천에서 가평까지는 두 시간이 더 걸릴 텐데, 선산이라, 선산이란 말이지…… 죽은 개를 꼭 선산에 묻어야겠다는 말씀인 거지…….

나는 나도 모르게 끙, 소리를 내며 신경질적으로 핸들을 돌렸다. 외곽순환도로는 역시나 꽉꽉 막혀 있었다.

어머니와 십육 년을 함께 산 몰티즈 '봉순이'의 몸이 예사롭지 않은 신호를 보내기 시작한 것은 작년 이맘때쯤부터였다. 털이 듬성듬성 빠지고 눈가가 벌겋게 변해가는가 싶더니, 아니나 다를까 올여름 어머니 생신 때 가보니 치매기가 역력했다. 똥오줌도 제대로 가리지 못했고 베란다 유리창에 머리를 부딪치고 넘어지는가 하면 사료를 먹고 토하고 또 사료를 먹는 일을 반복했다. 관절염 때문에 예전처럼 소파 위로 올라오지도 계단을 내려가지도 못한다는 말을 하는 어머니의 표정은 묘하게도 봉순이의 얼굴을 닮아 있었다. 그러니까 아마도 그때부터 내 불안은 시작된 것인지도 모른다.

사실 봉순이를 처음 애견 매장에서 분양받아 어머니 품에 맡긴 것은 나였다. 환갑이 되자마자 간암으로 세상을 뜬 아버지의 빈자리를 나는 그런 식으로 메우려 했다. 남양주에 막 신혼집을 꾸린 것도 그때였고, 아무래도 홀어머니를 모시고 산다는 것이 부담스럽기도 했으니까. 아버지의 자리를, 아들의 자리

를 봉순이가 대신해주길 바라는 마음이 컸다. 그리고 내 예상대로 봉순이는 훌륭히 그 역할을 해나갔다. 그런 봉순이가 세상을 뜬 것이었다. 그러니…… 법규에 나온 대로 '쓰레기 종량제 봉투'에 담아서 사체를 처리하라는 말을, 그 얘기를 차마 꺼내진 못한 것이었다.

그럭저럭 구덩이의 형태를 갖춰갈 때쯤 등 뒤에서 어머니의 목소리가 들려왔다.

"사흘 전쯤에 말이다…… 봉순이가 눈감기 사흘 전쯤에……."

나는 잠시 삽질을 멈추고 뒤돌아 어머니를 바라보았다. 어머니는 계속 어둠 속에 웅크리고 앉아 있었다.

"자고 일어났더니 얘가 내 베개 옆에 가만히 엎드려서 빤히 내 눈을 바라보고 있는 거야…… 그래서 나도 잠결에 얘를 안아주려고 손을 뻗었는데…… 봉순이가, 봉순이가 눈물을 뚝뚝 흘리고 있더라……."

나는 삽날에 걸린 커다란 돌부리 하나를 꺼내 들었다. 돌은 차갑고 무거웠다.

"그래서 나도 모르게 눈물이 나와서 봉순이를 왈칵 안았는데…… 그렇게 한참을 안고 있다가 봉순이가 엎드려 있던 곳을 보니까…… 거기에 내 양말 두 짝이 얌전히 놓여 있는 거야…….”

어머니는 계속 무덤덤한 목소리로 말을 했다.

"사람한테 일 년이 강아지한텐 칠 년이라고 하더라. 봉순이는 칠 년도 넘게 아픈 몸으로 내 옆을 지켜준 거야. 내 양말을 제 몸으로 데워주면서.”

나는 묵묵히 계속 삽질만 했다. 내가 파고 있는 어두운 구덩이가 어쩐지 꼭 내 마음만 같았다.

제발 연애 좀 해

"너 K형 기억나?"

"K형? 아, 그 우리 __과대 학생회장 하던 형."

"그래, 맞아. 그 형…… 그 형 얘기 우리 많이 했었잖아?"

"그거 벌써 몇 년 전 얘기야. 이십 년도 훨씬 전 얘기잖아."

"한 이십오 년 됐나? 근데 내가 얼마 전에 우연히 그 형을 만났다는 거 아니냐."

"그래? 뭐 그럴 수도 있지. 그게 뭐 대단한 일이라고 이 밤에 전화까지 해? 새벽 한 시가 넘었어, 상식아."

"그 형도 많이 늙었더라. 배도 많이 나오고 이마도 벗겨지고…… 그 형 옛날엔 참 뾰족하고 날이 서 있었는데."

"계속 그 형 얘기할 거야? 나 내일 여덟 시까지 출근해야 한다고."

"내가 그날 그 형하고 반가워서 맥주까지 한잔했거든. 그래서 하는 말인데…… 너 그 형이 우리 학교 학생회 간부 중 최장 수배자였다는 건 알지?"

"근데 너 지금도 술 마신 거니? 그래서 지금 나한테 이러는 거지? 상식아, 제발 연애라도 해라, 응? 술 마시면 애인한테 전화를 해야지, 왜 남의 집 가장한테 전화를 하고 지랄이니? 나도 좀 살자, 응?"

"그 형이 그때 왜 학원 자주화 투쟁인가 뭔가 하다가 이 년 넘게 수배 생활 했잖아. 너도 기억나지? 우리 자취방에 그 형 숨어 들어와서 한 달인가 넘게 같이 있었잖아?"

"아, 몰라…… 그게 지금 뭐? 나 졸리다고."

"그때 너랑 나랑 그 형 되게 존경하고 그랬잖아. 뭔가 막 멋있어 보이고, 의미도 있어 보이고, 또 진짜 숭고해 보이고…… 그래서 그 형이 무슨 쪽지 적어주면 너랑 나랑 막 결연한 표정으로 그걸 다른 선배들한테 몰래 전해주고 그랬잖아?"

"내가 지금 진짜 결연하게 말하는데…… 우리 내일 얘기하자."

"근데 그 형 경찰한테 잡히고 교도소 가고…… 그러다가 완전히 사라졌잖아. 다시 학교로 안 돌아오고…… 그래서 선배들이 그 형 변했다고, 변절했다고 말도 많았고."

"아, 진짜 내가…… 그래그래, 하고 싶은 말이 뭔데?"

"내가 얼마 전에 그 형 만났을 때, 그걸 물어봤거든. 왜 그랬느냐고? 왜 다시 돌아오지 않았느냐고? 다른 선배들은 징역 살다가 나와서도 다시 학교로 돌아와서 투쟁했는데."

"나와서 뭐 연애라도 했겠지. 그러니까 그 생활 접은 거고…… 그러니까 너도 연애를 좀……."

"그 형이 그날 나한테 고백했는데…… 사실…… 그 형이 지병이 좀 있었대……."

"지병? 그 형이? 건강해 보였는데…… 뭐, 암이라도 걸렸던 거야?"

"아니, 그건 아니고…… 그게…… 그 형이…… 사타구니 습진이 좀 심했나 봐…… 그거 때문에 수배 생활도 접게 됐고."

"사타구니 습진? 아니 뭐 그게 대단한 병이라고······."

"그게 좀 괴로운 병이었나 봐. 그 형 말로는 고등학교 때부터 그랬는데······ 대학교 와서 더 심해졌대. 데모를 하고 구호를 외칠 때도 거기가 막 가렵고 그래가지고······ 그 생각 안 하려고 구호도 더 세게 외쳤고······ 그러다가 단과대 학생회장까지 하게 되고 그랬다나 봐."

"야, 그게 무슨 말도 안 되는······."

"친구 방에 숨어 있다가 경찰한테 붙잡힐 때도 사실 팬티 바람으로 선풍기를 이렇게 꽉 끌어안고 있었다나 봐. 날은 덥고 거기는 막 가렵고 그래서 선풍기로 바람을 쐬고 있었는데······ 그게 뽀송뽀송 말라야지만 덜 가렵다나 봐. 경찰이 들어오는 걸 빤히 보면서도 그걸······ 그 선풍기를 치울 수가 없더래······ 가려운데 선풍기 바람이 불어오니까 그게 너무 좋아서······ 그걸 치울 수가 없더래······."

"그러니까 사타구니 습진 때문에 운동을 접은 거라고?"

"그리고 교도소 가니까 그게 부끄러워서······ 자기가 너무 하찮아 보여서 돌아올 수가 없더래······."

"하아, 그러니까 오늘 네 이야기는 사타구니 습진이 우리 사회 민주주의에 얼마나 커다란 악영향을 끼쳤는가, 뭐 그런 거구나?"

"근데, 병태야…… 너도 많이 가렵니?"

"무슨 소리야? 난 그런 병 없어. 난 원래 뽀송뽀송하다고!"

"근데 왜 난, 너나 나나 사람들 모두 다 이렇게 가려워 보이니? 다 가려운 거 긁느라 정신없어 보이니."

"상식아, 이제 제발 자자. 그딴 소리 하지 말고. 그래야 너도 뽀송뽀송해지지. 내일도 덥단다. 사타구니 습진 얘긴 그만하고…… 그리고…… 제발 연애 좀 해. 상식아."

침대

침대가 배송된 건 월요일 오전 열한 시 무렵의 일이었다. 배송 직원은 두 시간 전 전화를 걸어왔다.

"배송지가 대학교로 돼 있던데…… 여기가 맞는 건가요?"

"네. 제 연구실에 놓고 쓸 침대입니다."

그는 무덤덤한 목소리로 대답하곤 전화를 끊었다.

그는 한 사립대학교의 사회복지학과 교수였다. 이제 막 쉰 살이 되었으며, 연말엔 정교수 승진 임용 심사를 앞두고 있었다. 그 때문은 아니었지만 그는 밤늦도록 퇴근하지 않은 채 자신의 교수 연구실에 앉아 있는 날이 많았다. 그곳 책상에 앉아 그는 사회복지행정체계에 관한 여러 편의 논문을 썼으며, 빨간색 사인펜을 들고 학생들이 제출한 리포트에 일일이 밑줄을 그어가며 문장을 수정해주기도 했다.

그러다 시계를 보면 새벽 네 시 무렵이었다. 그는 주말에도 항상 새벽 네 시 정도에 퇴근을 했다가 다시 오전 아홉 시쯤 출근했다. 그는 자신의 교수 연구실 작은 소파에 태아처럼 웅크린 채 토막 잠을 자는 시간이 잦았다. 한번은 까무룩 잠이 들었다가 곧장 강의실로 들어갔는데 학생들이 입을 가린 채 큭큭 웃는 것을 보았다.

그는 상관하지 않고 그날 치 강의 진도를 나갔다. 쉬는 시간 화장실에 들러서야 학생들이 웃은 이유를 알게 되었다. 그의 오른쪽 뺨엔 가로로 길게 소파 손잡이 자국이 나 있었다. 그것이 그가 싱글 침대를 구입하게 된 직접적인 이유가 됐다.

배송 직원은 1층 중앙 현관에서 다시 전화를 걸어왔다. 그는 엘리베이터를 타고 1층으로 내려갔다. 배송 직원은 혼자 왔다. 그는 배송 직원을 도와 침대 프레임과 매트리스를 엘리베이터 쪽으로 옮겼다.

그는 배송 직원과 함께 엘리베이터를 기다리다가 여러 사람들을 만나야 했다. 1층부터 6층까지는 대학 본부, 그 위로는 교수 연구실이 있는 건물이었다. 그는 결재 서류판을 들고 있는 교무처장을 만났고, 인문대 학장과 대학신문사 주간 교수를 만났다. 월요일 오전이었다. 그는 그들을 만날 때마다 계속 엘리베이터를 양보했다. 매트리스 때문에 여러 명이 함께 엘리베이터를 탈 수 없었다.

"침대인가요?"

사람들은 그를 만날 때마다 물었다. 그들은 신기한 듯 모로 세워진 매트리스를 위아래로 쳐다보았다. 대학신문사 주간 교수는 "이걸 연구실에 놓으면 정말 연구할 생각은 안 나겠는걸요?" 하곤 씨익 웃어 보였다. 그는 아무런 말도 하지 않았다.

그는 소파 자리에 침대를 놓았다. 그러곤 잠시 구두를 신은 채 침대 위에 누워보았다. 피곤했지만 잠은 오지 않았다. 그는 멀뚱멀뚱 천장만 바라보았다.

오후엔 그와 같은 해 학교에 임용된 경영학과 최 교수가 연구실로 찾아왔다. 그는 침대에 걸터앉은 채 최 교수를 맞았다.

소파가 없어 최 교수 또한 침대에 나란히 걸터앉을 수밖에 없었다.

"왜 지난번엔 같이 저녁 좀 하자니까…… 밥 한번 먹기 이렇게 힘들어서야."

최 교수의 말에 그는 "그냥 좀 바빴어"라며 말끝을 흐렸다.

"집에는 아예 안 들어갈 작정이야?"

최 교수는 양손으로 매트리스를 꾹꾹 눌러보면서 물었다. 그는 대답하지 않은 채 슬쩍 웃기만 했다. 최 교수는 그의 책상 쪽을 바라보면서 길게 한숨을 내쉬었다.

"이런 말 하긴 좀 그렇지만…… 자네도 이제 자네 생각을 좀 해야지. 언제까지……."

그는 최 교수가 이 년 전 일어난 어떤 사고에 대해서 말하고 싶어 한다는 것을 알았다. 그는 말없이 계속 매트리스 재봉선만 손가락으로 긁어댔다. 그 사고로 인해 그는 아내와 아들을 잃고 혼자가 되었다.

"학교에서도 자네를 계속……."

최 교수는 거기까지 말하다가 입을 다물었다. 그는 무슨 말인가를 하고 싶어졌다. 하지만 하지 않았다.

  최 교수가 돌아간 후, 그는 다시 구두를 신은 채 침대에 누웠다. 두 눈을 감자 다시 아내와 아들의 모습이 떠올랐다. 아내 목소리가 들려오는 것 같았다. 잘했다고, 침대를 잘 샀다고. 당신 집에선 도통 잠을 못 이루지 않느냐고. 그러니 이제 구두도 벗고 한숨 늘어지게 자라고……. 그의 눈에선 뚝뚝 눈물이 흘러내렸다. 하지만 그는 구두를 벗지 못했다. 구두를 신은 채, 허리를 동그랗게 만 채, 그는 오랫동안 소리 죽여 울기만 했다.

제사 전야

할아버지 제사 바로 전날 토요일이었습니다. 오랜만에 작은아버지 내외와 첫째 고모, 둘째 고모 내외 모두 우리 집에 모였지요.

우리 할머니 말에 따르면 할아버지 돌아가신 후 처음으로 온 식구가 다 모인 거라고 했습니다. 나랑 같은 방을 쓰는 우리 할머니는 올해 일흔다섯 살이신데 뇌종양인지 뇌동맥 때문인지 얼마 전에 큰 수술을 받았습니다. 그 뒤로는 나를 보고 영감이라고도 불렀다가 큰스님이라고도 했다가, 또 어느 땐 정신이 멀쩡해져 내 이름을 불렀다가, 아무튼 영 정신이 없어졌습니다. 하지만 말짱할 때가 더 많은 건 사실입니다.

아버지는 모르겠지만 작은아버지와 고모들 모두가 이번 주말에 우리 집으로 찾아온 건 다 할머니 때문이지요. 할머니가 내게 꼬깃꼬깃 접힌 종이쪽지를 내밀며 그분들에게 전화해 달라고 부탁을 했었습니다. 나는 할머니가 부탁한 그대로 작은아버지와 통화할 때도, 고모들과 통화할 때도, 최대한 할머니 목소리를 흉내 내어 "야 이 연놈들아, 에미가 이제 정말 죽을 거 같구나. 에미가 정말 죽을 거 같아"라고 말했습니다. 작은아버지와 고모들은 그런 내게 아무런 말도 하지 않고 조용히 수화기를 들고만 있다가 가만히 전화를 끊곤 했습니다.

오랜만에 모여서인지 몰라도 아버지와 작은아버지 내외, 고모와 고모부들은 별다른 말을 하지 않았습니다. 저녁 식사를 할 때도 그랬고 제사상에 올릴 밤을 깔 때도 그랬습니다. 아버지와 작은아버지, 고모부들은 마치 터미널에서 버스를 기다리는 사람들처럼 말없이 텔레비전 뉴스만 바라보았습니다.

그렇게 얼마나 있었을까요? 막내 고모부가 "그러지 말고 형님들, 심심풀이로 고스톱이나 한판 치실까요?"라고 말했습니다. 계속 아버지와 작은아버지를 곁눈질로 바라보면서 전을 부치던 엄마는 그 말이 뭐가 그리 반가웠는지 재빠르게 거실 한복판에 담요를 깔고 안방 서랍장에 있던 화투장을 꺼내 왔습니다. 미간을 웅크린 채 연신 헛기침만 해대던 아버지도 마네킹처럼 무표정한 얼굴로 앉아 있던 작은아버지도 그렇게 해서 마지못해 화투판에 끼게 되었습니다.

처음 한 시간 정도는 아버지가 돈을 따는 거 같았습니다. 화투판 옆에 붙어 앉아 흘깃흘깃 바라보니, 아버지 앞에 지폐도 화투장도 제일 많이 깔려 있었습니다. 그래서인지 몰라도 아버진 좀 전보다 표정이 많이 밝아졌고 목소리도 부드러워졌습니다. 하지만 우리 같은 어린아이들도 알고 있고 동네에 돌아다니는 강아지들도 다 아는 것처럼, 첫 끗발이란 언제나 개끗발이지요.

아버지는 어느 순간부터 뒷장이 맞지 않기 시작하더니 연이어 독박에 피박, 광박까지 맞게 되었습니다. 아버지 앞에 있던 지폐들은 고스란히 작은아버지 앞으로 옮겨갔고, 아버지의 얼굴 또한 화투장 뒷면처럼 벌겋게 변해갔습니다.

그러던 어느 판이던가, 아버지가 첫째 고모부에게 벌컥 화를 냈습니다. "아니, 자네 내가 빤히 광박인 거 보면서 똥을 내면 어쩌겠다는 건가." 그러자 첫째 고모부도 억울한 듯 말했습니다. "아니, 형님. 제가 일부러 그런 것도 아니고……." 하지만 아버지는 고모부의 말을 믿지 않았습니다. "모르긴 뭘 모르나 이 사람아. 돌아가는 판국이 뻔하구먼."

그렇게 시작된 사소한 말다툼이 차츰차츰 커지기 시작해 "자네들, 아버지 돌아가시고 시골 땅 처분한 거 때문에 이러는 거 아니냐고!" 하면서 아버지가 목소리를 높였습니다. 그러자 막내 고모부가 "아이고, 형님. 무슨 땅 문제 때문에 일부러 똥을 냈다고 그러세요?" 하면서 첫째 고모부를 두둔했지요. 그러자 작은아버지가 "말이 나왔으니까 하는 말이지만, 형님이 그렇게 하시면 안 되는 거였죠"라고 말을 덧붙이고, 거기에 아버지가 "뭘 그렇게 하면 안 돼, 뭘 그렇게 하면 안 되는 건데!"라고 쏘아붙이고, 첫째 고모부는 계속 "아니, 저는 그냥 똥을 낸 거뿐인데……"라고 웅얼거리고, 그러다가 결국 모든 판이 깨지고, 작은아버지 내외와 고모부들 내외가 돌아가겠다고 자리에서 일어섰습니다.

나는 그 모든 것을 지켜보다가 어쩔 수 없이 할머니가 비밀이라고 신신당부한 말들을 모두에게 하고 말았습니다.

"지금은 가지 마세요. 할머니가 내일 죽는다고 했어요. 그거 보고 가세요."

신발을 신던 작은아버지와 고모부들이 나를 빤히 쳐다보았습니다.

"내일이 할아버지 제사니까, 할머니가 그때 죽는다고 했거든요. 그래야 제사도 한번에 지낼 수 있다고. 자식들 두 번 걸음 안 시킨다고."

나는 할머니가 내게 말한 것을 그대로 토씨 하나 바꾸지 않고 모두에게 말했습니다. 그제야 어른들은 굳은 듯 신발 신는 것을 멈추었지요.

불 켜지는 순간들

 이승을 떠나 저승에 도착했을 때, 그의 몸엔 이상한 열기 같은 것이 맴돌았다. 그것은 일종의 자신감이자 모종의 기대감 같은 것이었다. 그는 자신이 죽던 그 섬광 같은 순간, 살아온 쉰일곱 해의 모든 시간들이 눈앞에 차르르르 영사기 돌아가듯 펼쳐지는 것을 보았다. 스물여덟 나이에 고등학교 영어 교사로 임용되어 꼬박 이십구 년을 일했다. 남에게 해를 입히지도 않았고 누군가에게 손가락질 받을 만한 일도 저지르지 않았다. 아파트 투기를 한 적도 없었고 음주운전이나 도박에 빠지지도 않았다. 그는 성실하게 일했으며 슬하의 두 아들과 아내에게 부끄러움 없는 아버지와 남편으로, 그 자부 하나로, 평생을, 최선을 다해 살다 왔다.

"김길부 씨, 1956년 4월생 맞으시죠?"

검은 양복에 흰 와이셔츠를 입은 남자가 장부를 펼쳐 읽으며 그에게 물었다. 남자의 얼굴은 창백했고 무표정했다. 그는 말없이 고개를 끄덕거렸다.

"지난 4월 6일 용현동 사거리에서 교통사고로 세상을 뜬 것도 맞고요?"

그는 다시 한 번 자신의 마지막을 떠올렸다. 동료들과 간단한 회식을 마치고 집으로 돌아오는 도중 그는 신호를 무시하고 달려온 검은색 승용차에 정면으로 부딪혔다. 그것이 그의 마지막이었다.

"이건 뭐…… 깔끔하군요…… 자식들도 잘 컸고 넉넉한 연금과 보험도 있고……."

검은 양복의 남자는 그렇게 말하곤 장부를 덮었다.

"자, 그러면…… 저쪽 304호로 들어가면 됩니다."

그는 남자가 이끄는 대로 304호 안으로 들어갔다. 커튼이 쳐진 창문과 빠닥빠닥 소리가 날 것만 같은 잘 세탁된 시트가 깔린 침대, 작은 냉장고와 TV, 바닥에 물기가 하나 없는 욕실이 딸린 방이었다.

"이 방에서 뭘 하는 거죠?"

그가 조심스러운 목소리로 남자에게 물었다.

"그냥 쉬시면 됩니다. 식사는 때 맞춰 챙겨드릴 테고요."

남자는 계속 무표정한 얼굴로 말했다. 그러곤 짧은 목례를 하곤 304호 밖으로 나갔다.

그는 계속 두리번두리번 304호 이곳저곳을 살펴보다가 침대 위에 누웠다. 이승이 아니어도 피곤한 건 마찬가지군. 그래도 이만하면 꽤 살 만하겠어. 그는 그런 생각으로 두 눈을 감았다. 그러자 304호의 불도 꺼졌다.

그것이 시작이었다.

"이봐요, 이봐요."

그는 몇 날 며칠째 계속 틈날 때마다 잠긴 304호의 문을 두들겼다. 그러나 304호 밖 복도에선 아무런 대답도 들려오지 않았다.

"불을 켜줘야 할 거 아닙니까? 네? 불을 좀 켜 달라고요?"

그는 이 모든 상황이 당황스러웠다. 침대도 냉장고도 창문도 TV도 그대로였지만, 전등이 들어오지 않았다(TV는 전원은 들어왔지만 화면은 나오지 않고 음성만 들렸다). 눈을 떠도 암흑인 방이었다.

식사 때가 되면 출입문 하단 작은 배식구가 열리고 식판이 들어왔다. 그는 소리와 손가락 감각만으로 식판을 받아 들고 그것을 먹어야 했다. 씻을 때도 화장실에서 일을 볼 때도, 그는 어둠 속에서 모든 것을 감각에 의지해 느릿느릿 해나가야만 했다. 그는 자신이 왜 이런 처지에 놓여야 하는지 알 수 없었다.

그렇게 수십 일이 지난 어느 하루, 불이 켜졌다. 검은 양복을 입은 남자가 304호 방 안으로 직접 식판을 들고 들어왔다.

"도대체, 도대체 이게 뭡니까? 내가 뭘 잘못했다고 나한테 이럽니까?"

그는 검은 양복 사내 바로 앞까지 다가가 따지듯 물었다.

"뭘 잘못했다고 이러는 게 아닙니다. 우리는 선생께 벌을 주는 게 아닙니다."

검은 양복 사내는 사무적으로 말했다.

"이게 벌을 주는 게 아니라고요? 이 어둠 속에서 지내는 게?"

"그러면 선생은 선생의 어머니께 벌을 주신 겁니까?"

"네? 그게 무슨……."

"잘 생각해보십시오. 불로요양병원 304호."

그는 그제야 무언가 생각난 듯 멀거니 검은 양복 사내를 바라보았다.

"이건 우리가 선생에게 주는 벌이 아닙니다. 우리도 선생처럼, 마음 편히 선생을 모시는 거지요."

검은 양복 사내는 그 말을 마치고 다시 304호 밖으로 나가려 했다.

"저기요, 다 좋습니다. 다 좋아요…… 한데 제발 불 좀……."

"아, 그거요……."

검은 양복 사내는 커튼이 쳐져 있는 창문을 슬쩍 바라보며 말했다.

"선생은 어머님께 얼마 만에 한 번씩 찾아갔습니까? 딱 그

주기에 한 번씩 선생 어머님 마음에도 불이 켜졌겠지요. 여기도 이승과 똑같습니다. 그럼, 전 이만."

달려라 아들

 이제 시작인 건가. 전라도 장흥에서 광주행 시외버스에 올라탄 기준 씨는 심호흡을 한 번 크게 내쉬었다. 그의 옆 좌석에는 반팔 티셔츠에 학교 추리닝 하의를 입은 열 살 먹은 아들이 앉아 있었다. 아들은 간만에 타는 시외버스가 마냥 신기한지 창문에 이마를 대고 앉아 있었다. 목덜미가 까무잡잡하게 타버린 아들. 기준 씨는 그런 아들의 뒤통수를 괜스레 몇 번 쓰다듬었다.
 "혁수야, 아까 아빠가 한 말 잊지 않았지?"
 "네……."
 아들은 계속 창문 너머를 바라보며 건성건성 대답했다.

"기죽을 거 하나 없어. 평상시 너 하던 대로만 하면 돼."

"네……."

이 년 전, 일산에서 작은 인테리어 사업을 하다가 홀랑 '말아먹고' 더불어 이혼까지 한 기준 씨는, 그때 막 유치원을 졸업한 아들과 함께 쫓기듯 장흥으로 내려와야만 했다. 살고 있던 아파트는 담보 대출금을 제때 내지 못해 허공으로 사라진 지 오래였고, 지갑에는 당장 한 달치 선불로 내야 할 고시텔 비용도 남아 있지 않았다. 일찌감치 장흥으로 귀농해 표고버섯 농사를 짓고 있던 선배가 동네 빈집을 무상으로 내주고, 그곳 재배 하우스에 일자리를 마련해주지 않았다면, 기준 씨는 어떤 극단적인 선택을 했을지 알 수 없었다. 그만큼 당시 그의 영혼은 바닥으로 내팽개쳐져 있었다. 자신이 마치 어떤 분말이 된 것처럼 후, 하고 불면 흔적도 없이 사라질 것만 같았다.

장흥으로 내려온 첫해에도 그런 기분은 쉬이 사라지지 않았다. 표고버섯 종균 배양하는 일과 수확하는 일들을 배우긴 했지만, 그러나 저녁엔 늘 혼자 술을 마셨고 그때마다 지나온 것들에 대해서만 생각했다.

그런 기준 씨를 다시 어떤 희망의 기운에 들뜨게 만든 것은 아들이었다. 좀 더 정확하게 말해서 아들의 축구 실력. 전교생이 채 서른 명도 되지 않는 분교에서 해가 질 때까지 늘 친구들과 축구공만 차대는 아들에 대해서 기준 씨는 처음엔 무심했으나 차츰차츰 생각이 바뀌게 되었다. 몇 번 축구공 차는 아들의 모습을 보면서, 여긴 학원이 없으니 허구한 날 저렇게 노는구나, 하고 말았던 것이, 어어, 제법이네, 공에 힘이 있네, 하는 식으로 변한 것이었다. 그러니까 그때부터가 맞았다. 기준 씨의 영혼이 삶의 바닥을 치고 일어나 세상 모든 아버지들이 하는 착각, 즉 자기 자식에 대한 이유 없는 확신과 신념 속에 휩싸이기 시작한 것은…….

기준 씨는 이미 전화상으로 광주에 있는 한 유소년 축구팀에 가입 절차를 알아본 후, 한 달치 회비까지 납부한 상태였다. 토요일마다 하는 거니까 매번 시외버스를 타고 함께 올라오면 돼. 기준 씨는 그 정도 각오는 되어 있었다. 아들의 실력을 보면 코치는 아마 깜짝 놀라서 당장 전학을 권유할지도 모른다. 아니, 어쩌면 스페인이나 영국으로 축구 유학을 권할지도 모른다.

그러면 유학 비용은 어떻게 하지? 뭐, 그 나라는 버섯을 안 먹을까? 같이 가서 버섯 재배하면 되지. 축구협회에서도 발벗고 도와줄지 몰라. 기준 씨는 유소년 축구팀 훈련이 진행되는 축구장에 도착하고 난 뒤에도 계속 그런 생각만 했다. 아들은 쭈뼛쭈뼛 코치에게 인사를 한 후, 제 또래 아이들이 공을 차고 있는 축구장을 향해 뛰어갔다. 기준 씨는 그런 아들의 등 뒤에 대고 파이팅, 크게 소리를 내질렀다. 그러면서 유럽은 물가가 비싸니까 차라리 브라질로 갈까, 하는 생각을 했다.

첫 훈련이 끝나고 다시 장흥으로 돌아가는 버스 안, 기준 씨는 풀 죽은 듯 고개를 숙이고 앉아 있는 아들을 가만히 바라보았다. 그러곤 조용히 물었다.
"너, 오늘 컨디션이 안 좋았니?"
"아니요……"
아들은 고개를 작게 흔들면서 말했다.
"근데 오늘 왜 그랬어? 공 한번 제대로 차지 못하던데?"
아들은 말이 없었다. 그의 아들은 오늘 첫 훈련을 겸한 연습

경기에서 허둥지둥 아이들 뒤를 쫓아다니기만 했을 뿐, 이렇다 할 활약을 보여주지 못했다(골대 앞으로 무작정 달려 나가다가 같은 팀 선수가 찬 슛을 제 몸으로 막아내는 '민폐' 스피드를 한 번 선보였을 뿐이었다).

"괜찮아, 괜찮아. 오늘은 긴장해서 그런 걸 거야, 다음부터 잘하면 되지."

기준 씨는 가볍게 아들의 어깨를 두들기면서 말했다. 하지만 아들은 계속 고개를 흔들었다. 그러곤 머뭇머뭇 이렇게 말했다.

"아빠…… 나 그냥 우리 학교에서 축구하면 안 돼요?"

아들의 말에 기준 씨가 아무 말 없이 인상을 찌푸리자 아들이 곧 울 것만 같은 목소리로 이렇게 말했다.

"우리 학교에서 축구할 땐…… 다섯 명씩 하는데…… 여긴 열한 명씩 한단 말이에요…… 여긴 애들이 너무 많아요……."

기준 씨는 그런 아들을 바라보며 자신도 곧 울 것만 같은 심정이 되어버렸다.

그러게나 말입니다

일주일에 세 번 이상 꼬박꼬박 술을 마시는 김상국 씨는 또 그만큼 많은 횟수의 대리기사 서비스를 이용하곤 했다. 그런 김상국 씨가 지난주에 만난 육십대 중반의 한 대리기사는 양복도 그렇고 목소리도 그렇고 왠지 모르게 사람을 긴장시키는 흡사 '교장 선생님' 분위기를 물씬 풍기는 그런 사람이었다. 김상국 씨는 그래서 조금 딱딱한 자세로 앉아 있었다.

"집이 일산이면 대곡역 부근도 잘 아시겠어요?"

강변북로에서 자유로 입구로 진입하기 직전 대리기사가 그렇게 물었다.

"네, 뭐…… 거기야 그냥 전철로 지나가기만 했죠."

김상국 씨는 술이 좀 오른 상태였지만, 그 와중에도 대곡역 근처 풍경들을 떠올릴 수 있었다. 대곡역 주위는 다른 역들과 달리 온통 논과 밭뿐인 곳이었다.

"제가 얼마 전에 손님을 모시고 그쪽으로 간 적이 있었는데…… 조금 기이한 경험을 했지 뭡니까? 어떻게, 한번 들어보시겠어요?"

대리기사는 그러면서 자신이 만난 낯선 고객 이야기를 김상국 씨에게 해주기 시작했다.

"양재역 근방에서 만난 손님이었는데 대곡역까지 가자고 하더라구요. 한데 이 양반이 한눈에 딱 봐도 시골 노인네 모습 그대로였죠. 술은 억병으로 취해 있고…… 우스운 건 이 양반 차가 트럭이라는 거였어요. 왜 거 있잖아요, 뒤에 파란 천막이 쳐 있는 일 톤짜리 낡은 트럭."

"트럭도 대리가 되는군요."

"뭐, 어쩌겠어요. 손님 차가 트럭이 아니라 버스라도 가라면 가야죠. 어쨌든 그렇게 손님을 옆에 태우고 대곡역까지 갔는데…… 그때부터 문제가 생긴 거예요. 이 양반이 술에 너무 취해서 도통 깨워도 일어나지 않는 겁니다. 그러니 참 난감하더군요. 주위는 가로등 하나 없이 깜깜한데 민가도 없고 온통 논뿐이니……."

"그래서 어쩌셨습니까?"

김상국 씨는 상체를 조금 앞으로 숙이며 물었다.

"한참을 그러다가 손님 잠바 주머니를 뒤졌죠. 다행히 핸드폰이 있더라구요. 거기 전화번호 목록을 쭉 보니까 '사랑하는 아들'이 있기에 바로 전화를 걸었습니다. 그랬더니……."

대리기사는 잠시 말을 끊었다.

"그랬더니 삼십 분쯤 뒤던가 오토바이를 끌고 한 마흔 먹은 사내가 나오더라구요."

"다행이네요, 그래도."

"그게 그렇지가 않더라구요. 사내는 트럭 밖에서 힐끔 술에 취해 잠든 손님 얼굴을 바라보더니 '우리 아버지가 아니네요' 하곤 다시 돌아가버렸습니다."

"저런…… 거참."

"손님 생각은 어떻습니까? 아무래도 아들이 맞겠지요?"

"핸드폰 번호가 떴으니까 아무래도 그렇겠지요? 그러니까 오토바이를 타고 나온 걸 테고……."

"저도 그렇게 생각합니다. 아마 삼십 분쯤 오토바이를 타고 나온 거겠죠."

김상국 씨는 한동안 말을 하지 않고 가만히 침묵을 지키고 앉아 있었다. 살고 있는 아파트 단지에 가까워지고 있었다.

"그러면 그 뒤엔, 그 뒤엔 어떻게 했습니까?"

김상국 씨가 그렇게 묻자 대리기사가 룸미러를 향해 슬쩍 웃으면서 말했다.

"어쩌긴요? 혼자 나올 방법도 없고 손님을 그대로 놔둘 수도 없으니 거기에서 손님 깰 때까지 기다렸지요. 우리 나이가 되면 같은 처지의 노인네 잠든 모습만 봐도 짠해지거든요."

"그러셨군요."

"한데 더 우스운 것은요, 새벽 무렵 잠에서 깬 손님이 저를 조수석에 태운 채 대곡역까지 나왔다는 겁니다. 이 길은 자신이 잘 안다고 하면서……."

"역시나 자주 왔던 길인가 봅니다."

"제가 헤어지기 전에 조심스럽게 사는 곳이 어딘지 물었더니, 손님이 엉뚱하게도 아침이나 자시고 가라면서 내 손을 이끌고 트럭 뒤로 갑디다. 그러고는 천막을 걷었더니…… 그 양반 집이 바로 거기더군요. 거기 앉아서 라면을 먹고 나왔습니다."

"그럼, 선생님은 제대로 손님을 모셔다 드린 게 맞네요. 어쨌든 집은 집이니까."

"그러게나 말입니다. 집을 이고 다닌 줄도 모르고 집을 찾았으니…… 자, 이제 다 왔네요."

대리기사는 김상국 씨의 아파트 주차장에 차를 주차한 뒤 차 키를 건넸다. 김상국 씨는 그와 인사를 한 뒤 뒤돌아 아파트 단지를 한번 바라보았다. 거기에 딱딱한 모습으로 그의 집이 버티고 서 있었다.

한밤의 뜀박질

약한 모습 보여선 안 돼.

1302호 초인종을 누르면서 민수는 다시 한 번 속으로 웅얼거렸다. 하지만 그래도 마음은 쉽게 진정되질 않았다. 술을 마신 사람처럼 얼굴까지 불콰하게 달아올랐다. 별일 없을 거야. 나는 정당한 항의를 하는 거라고. 민수는 호흡을 내쉬면서 재차 초인종을 길게 눌렀다. 그러면서도 오른손은 점퍼 주머니 속 휴대전화를 움켜쥔 채 놓지 않았다.

"남자가 어쩜 그리 담이 약할까?"

지지난 주였던가, 밤 열한 시 무렵 1302호에서 예의 또 그 쿵

쾅거리는 소리가 들려오고, 그와 동시에 이제 막 백일이 된 딸아이가 얕은 잠에서 깨어나 자지러지게 울어댔을 때, 아내는 대번에 민수를 흘겨보며 그렇게 뇌까렸다. 벌써 두 달 가까이 이어지는 소음이었다. 닷새에 한 번, 혹은 일주일에 한 번꼴로 우다다다 마치 쥐 떼가 단체로 러닝머신 위에 올라타기라도 한 듯 위층에서 소리가 들려왔다. 그 소리들은 어느 땐 십 분 넘게 지속되었고, 또 어느 땐 이십 분 이상 계속되기도 했다. 그때마다 민수는 허리에 두 손을 착 얹고 "사람들이 예의가 없어, 예의가" 하면서 천장을 노려보았을 뿐 아무런 행동도 취하지 않았다. 그러니 아내로부터 담이 어떻고, 가장이 어떻고, 하는 소리를 들을 수밖에.

하지만 그건 아내가 1302호 남자를 제대로 보지 못해서 하는 소리일 뿐이다. 주차장에서 몇 번 마주친 적 있던 1302호 남자는 오십대 중반의 사내였는데, 가슴에 무슨 이희승 판 국어대사전이라도 갖다 댄 듯 체구가 우람했다. 짧게 자른 희끗희끗한 스포츠머리와 매서운 눈매, 거기에다 그가 내린 승합차 옆면에는 '화랑 격투기 교실'이라는 글자가 새겨져 있었다. 아내를 때리거나 자식을 패는 것일지도 몰라. 그런 마당에 내가 올라가서 항의를 하면……. 민수는 종종 1302호 남자에게 니킥을 당하는 자신의 모습을 떠올렸다. 암바에 걸려 탁탁, 한 손으로 바닥을 때리면서 "예의가 좀 없으면 어떻습니까, 예의가 좀 없을 수도 있지요"라고 울부짖는 자신의 목소리 또한.

　하지만 오늘은 더이상 물러설 곳이 없었다. 딸아이는 어제 저녁부터 열이 올라 오늘 하루 종일 병원에서 링거를 맞고 돌아온 처지였다. 그런 마당에 니킥과 암바 따위가 두려울쏘냐. 여차하면 바로 경찰을 부르면 된다. 민수는 그렇게 마음을 다잡았다.

　"뭡니까?"

　초인종을 네 번쯤 눌렀을까, 문이 빠끔 열리면서 남자가 고개를 내밀었다.

　"저기, 저…… 그러니까…… 1202혼데요."

　"그런데요?"

　"저기…… 저, 소리 때문에…… 딸아이가 아파서 좀……."

　민수가 거기까지 말했을 때, 남자가 문을 활짝 열고 한 걸음 더 밖으로 나왔다. 그러더니 "잠깐 들어오겠어요?"라면서 민수의 팔을 잡았다. 민수는 저도 모르게 헉, 소리를 내며 뒷걸음질 쳤으나 이내 남자의 완력에 질질 거의 반강제적으로나 다름없이 1302호 안으로 들어가게 되었다.

그리고…… 그곳에서 민수는 희한한 광경을 두 눈으로 보게 되었다. 파자마를 입은 할머니 한 분이, 교복을 입은 학생 한 명을 잡으려고 거실과 부엌, 방과 방 사이를 뛰어다니고 있었다.

"어머니와 제 아들입니다."

현관 입구에 서서 1302호 남자가 말했다.

"어머니가 치매기가 좀 있으신데…… 가끔 우리 아들을 돌아가신 아버지로 착각을 해요."

남자는 조금 쓸쓸한 목소리로 말을 이었다.

"우리 아버지가 젊었을 때 딴살림을 차린 적이 있었거든요. 처음엔 말렸는데…… 지금은 그냥 내버려두는 처지입니다. 우리 아들이 그렇게 하자고 해서요…… 저렇게 쫓아다니시고 나면 잠도 잘 주무시거든요."

남자는 그러면서 뒤통수를 긁적거렸다.

"제가 평생 운동만 해서…… 숫기가 좀 없거든요. 진작 말씀 드린다는 게…….."

민수는 남자의 말을 듣는 둥 마는 둥, 할머니 앞에서 최선을 다해 이리저리 도망쳐 다니는 학생의 얼굴을 바라보았다. 고등학생쯤 되어 보이는 1302호 남자의 아들은 지친 기색 하나 없이 밝은 표정이었다. 민수는 말없이 그 아이의 표정을 따라 지으며 자신의 딸 또한 저런 표정으로 자라나길 속으로 바라보았다.

도망자

처음 그는 잠깐 몸만 피할 생각이었다.

산속에서, 움푹 들어간 구덩이에 침낭을 깔면서 그는 오늘이 며칠째인가 떠올려보았다. 나흘째였다. 나흘. 그 시간 동안 그는 온전히 산속에서 노숙을 한 것이었다. 다행히 그동안 비는 오지 않았다.

그는 침낭 속에 들어가 눈을 감은 채 노숙을 시작한 첫날을 생각해보았다. 퇴근하기 전부터 아내로부터 쉴 새 없이 날아오던 문자메시지들, 책상 서랍 아래에서 발견된 카드 명세서, 거기에 찍혀 있는 술값의 정확한 사실 여부, 질문들, 질문들……

그리고 이따 집에서 보자는 짤막한 말 한마디. 계체를 목전에 둔 선수처럼 그는 퇴근하기 전까지, 그리고 지하철을 타고 집으로 돌아오는 내내 불안한 눈빛으로 아내가 보낸 문자들을 반복해서 읽고 또 읽었다. 아파트 단지 정문 앞에 도착하고 나서도 십오 분 넘게 같은 자리만 맴돌던 그는 마침 마트에 다녀오던 아내와 막내아들을 정면으로 맞부닥뜨리고 말았다. 중학교 1학년, 초등학교 3학년, 두 사내아이의 엄마이기도 한 아내는 그보다 어깨도 넓었고 손목도 굵었다.

"뭐해, 빨리 안 들어가고!"

아내는 그에게 손에 들고 있던 커다란 비닐봉지 하나를 건네주면서 눈을 부라렸다. 라면과 두부, 콩나물이 잔뜩 들어 있는 비닐봉지였다. 그는 고개를 푹 숙인 채, 느적느적 아내의 뒤를 따랐다. 그런 그에게 막내아들이 잠깐 고개를 돌려 말했다.

"아빠, 오늘 죽었대."

그러니까 그가 비닐봉지를 들고 무작정 아파트 단지 후문 쪽으로 뛰기 시작한 것은 바로 그때였다. 뚜렷한 목적이나 의미는 없었다. 순간을 피하고 싶은 마음도 아니었다. 그것보다는

오히려 본능적이고 충동적인 달리기였다. 그런 그를 보면서 막내아들은 "아빠, 그러면 더 큰일 날 텐데!"라고 소리쳤고, 그의 아내는 "저, 저……" 하면서 인상을 찌푸렸다.

아파트 단지 후문 쪽은 그리 높지 않은 야산의 등산로와 이어져 있었다. 그는 등산로를 따라 한참을 달리다가 숲 속으로 방향을 틀었다. 사위는 이미 어두컴컴하게 변해 있었다. 그는 잡풀이 무성한 어느 버려진 무덤 옆에 앉았다. 그제야 그는 자신이 지금 어디에 있고 무슨 일을 저질렀는지 알 수 있었다. 그러자 이상하게도 허기가 밀려 들어왔다. 그는 비닐봉지에서 라면을 꺼내 우적우적 씹어 먹었다. 그러고도 허기가 가시지 않아 내처 두부까지 먹기 시작했다. 그러면서 그는 오늘은 여기서 자기로 결심했다. 여기서 하룻밤을 보내고 내려가면, 그러면 좀 불쌍해 보이지 않을까? 그는 두부를 다 먹은 뒤, 군 시절 배운 것처럼 얕은 구덩이를 찾기 시작했고, 거기에 잡풀과 커다란 잎사귀를 깔기 시작했다. 그것이 그의 야산에서의 첫날 밤이었다.

다음 날 이른 새벽, 한기 덕분에 거의 한숨도 자지 못한 그는 구덩이에서 나와 "헛둘! 헛둘!" 소리 내서 제자리 뛰기를 했다. 그러고도 추위를 이기지 못해 무작정 등산로를 따라 내려가기 시작했다. 아파트 단지 반대편 등산로 초입엔 몇몇 아웃도어 매장들이 늘어서 있었다. 그중 몇 집은 벌써부터 간판에 불을 밝히고 영업을 하고 있었다. 그는 매장 밖에서 멀거니 진열되어 있는 등산화와 텐트, 코펠 같은 것들을 바라보았다. 그러다가 그는 양복 안주머니에 있던 휴대전화를 꺼내 보았다. 밤사이, 아내로부터 수십 통의 문자가 와 있었다.

넌, 정말 끝이야……

이번엔 진짜 용서하지 않을 거야……

도망친다고 해결될 줄 알아……

그는 그 문자들을 바라보다가 또다시 본능적으로, 충동적으로, 아웃도어 매장 문을 열고 들어섰다. 그곳에서 그는 카드로, 등산복 상하의와 침낭, 코펠을 샀다. 그건 그가 술집에서 그었던 술값보다도 세 배 더 많은 금액이었다. 그는 잠깐 그 금액을 멍하니 내려다보다가 아무렇지도 않게 카드 전표에 사인을 했다. 그제야 그는 다시 또 겁을 집어먹기 시작했다. 하지만 이미 늦은 일이었다.

침낭 속에서 그는 가만히 별을 바라보았다. 별은 좋겠다, 카드 값 걱정 안 해서……. 그는 괜스레 그렇게 혼잣말을 했다. 달빛은 은은했고, 주위는 놀랄 만큼 조용했다. 휴대전화 배터리는 다 떨어진 지 오래였다. 그는 아내가 보낸 마지막 문자를 떠올렸다.

그만 돌아와, 다음 달부터 잘하면 되지. 내일 막내 체험학습 가야 한단 말이야.

그는 잠깐 눈을 감았다가 이번엔 달을 바라보았다. 그러다가 또 혼잣말을 했다. 달은 좋겠다, 다음 달에도 그냥 달이어서……. 그는 그러고선 침낭 속에서 허리를 잔뜩 웅크렸다. 서서히, 잠이 올 것 같았다.

너는 카프카 나는 야누흐

 살다 보면 별의별 황당한 일들을 다 겪는다고 하지만, 거참, 내가 이렇게 지하철 수사대에 끌려오게 될지, 그래서 철제 책상을 사이에 두고 팔 대 이 가르마를 탄 사십대 초반의 경찰과 마주 앉게 될지, 단 한 번이라도 상상으로라도 가정해본 적은 없었다. 이게 뭔가? 나는 계속 헛웃음이 나왔다. 그런 내 얼굴을 슬몃 바라보던 경찰은 "혹시, 약을 하거나 술은 마신 건 아니죠?"라고 물었다. 에이, 진짜. 나는 화를 내고 싶었으나 속으로 삼켰다. 흥분하지만 않으면 다 괜찮아진다, 오해는 다 풀릴 것이다. 나는 마음속으로 그렇게 다잡았다.

따지고 보면 그 모든 오해는 다 한 권의 책 때문에 벌어진 일이었다. 평일 오후 2호선 지하철 안이었다. 한양대역을 지났을 때였던가 깜빡 잠들었다 눈을 떠보니 맞은편 의자에 앉은 한 사람이 책을 읽고 있는 모습이 보였다. 요즈음은 지하철에서 책 읽는 사람을 보기 드문데, 나는 잠깐 그런 생각을 하면서 주머니에 있던 스마트폰을 꺼내 시간을 확인했다. 오후 두 시 반을 막 넘어서고 있었다. 도대체 얼마나 지하철을 타고 있었던 거야. 나는 정신이 조금 몽롱했다.

그러면서도 계속 맞은편 사람이 들고 있는 책 표지 쪽으로 시선이 갔다. 빨간색 양장에 작가의 흑백 사진이 반 넘게 차지하고 있는 표지. 나는 그 책을 잘 알고 있었다. 그건 예전 나와 한때 사귀었던 애인이 좋아한 『카프카와의 대화』라는 책이었다. 너는 카프카, 나는 야누흐, 애인과 나는 그런 말을 하기도 했다. 그러니까 내가 하고 싶은 말은 바로 그거였다. 내가 알고 있는 책을 진지한 표정으로 읽고 있는 한 사람을 우연히 만나게 되었고, 그래서 조금 반가운 마음이 들었고, 그 풍경이 어떤 기억을 떠올리게 만들어서…… 스마트폰 카메라로 몇 장, 연속으로, 찍은 것뿐이었다. 그 사람의 독서에 방해가 되지 않게 최대한 조심스럽게……. 한데 문제는 그 사람 바로 옆에 다른 젊은 여자가, 하얀색 미니스커트를 입은 여자가, 다리를 꼰 채 자고 있었다는 게 문제였다.

"그러니까 여기 선생님 스마트폰을 좀 보세요. 이게 증거잖아요? 여기, 이 여자분 속옷까지 다 나온 거 보이죠?"

팔 대 이 가르마를 탄 경찰은 내 스마트폰 앨범을 보여주면서 말했다.

"이건 뭐 한 장도 아니고, 네 장을 연사로 찍으셨네?"

나는 침착하고 단정한 어투로, 그게 아니다, 나는 그 여자가 아니고, 그 옆에 사람을 찍으려 한 거다, 더 정확하게는 책을 찍으려 했던 것이다, 내가 무슨 고등학생도 아니고 남의 속옷에 관심을 두겠느냐, 대답했다. 그러자 옆에 앉아 있던 다른 경찰이 불쑥 참견해왔다.

"어, 이거 빨간 책이네. 혹시 빨간색, 이런 거 보면 막 흥분되고 그러는 거 아니에요?"

나는 그 경찰을 보며 역시 침착하고 단정한 어투로 "그거 카프카입니다. 카프카 친구가 쓴 카프카"라고 대답했다.

"카, 뭐요? 카에서 친구하고 뭘 했다고요?"

나는 말을 말자, 생각했다.

"한데요, 여기 스마트폰 앨범에 잠긴 파일이 하나 있네요. 이것도 우리가 한번 봐야겠는데?"

내 스마트폰을 계속 뒤적거리던 팔 대 이 가르마가 말했다. 그 말을 듣는 순간 나는 다시 침착하려고 노력했지만, 그러나 잘 되지 않았다. 나는 의자를 좀 더 앞으로 당기며 말했다.

"아니, 그건 저기…… 제 사생활인데……."

"그러니깐요. 그 사생활, 저희가 한번 봐야겠어요. 한 번만 그러신 건지, 이게 상습적으로 그러신 건지."

등 뒤로 식은땀 한 줄기가 흘러내렸다. 나는 잠긴 파일에 무엇이 들어 있는지 잘 알고 있었다. 나는 그것을 다른 사람들에게 보여주고 싶은 마음이 없었다.

"저기, 그거 안 보시면 안 될까요?"

"허허, 이분 정말 의심스럽네? 선생님이 이거 안 풀어줘도 저희가 다 풀어 볼 수 있어요."

나는 팔 대 이로부터 스마트폰을 넘겨받은 후에도 계속 잠긴 파일을 풀지 않다가, 또 몇 번을 망설이다가 결국은 비밀번호를 눌러 그 파일을 열고 말았다.

"아니, 이게 뭐야?"

잠긴 파일의 첫 번째 사진을 본 팔 대 이가 옆에 앉은 경찰을 보면서 말했다.

그가 내민 스마트폰 안에는 화장을 하고 귀걸이를 단 내 모습이, 수줍게 웃고 있는 내 얼굴이 화면 가득 담겨 있었다.

아파트먼트 셰르파

이번엔 17층이었다. 한 층에 계단이 열아홉 개씩 있으니까 17층이면 삼백이십 개가 넘는 계단이었다. 이제 진짜 이놈의 아르바이트를 그만둘 때가 된 것 같다. 오늘까지만, 오늘까지만……. 그런 생각으로 나는 가게 문을 나섰다. 오늘만 벌써 아홉 번째 배달이었다. 다리가 저절로 후들거렸다.

고시원비라도 조금 보태 볼까, 시작한 아르바이트였다. 제대후 학교에 복학해 보니 기숙사 순번이 돌아오지 않았다. 그렇다고 면 소재지 장터 한 귀퉁이에서 작은 종묘사를 운영하는 아버지에게 차마 서울의 어마어마한 자취방 보증금까지 부탁

할 순 없었다. 그렇게 해서 찾은 아르바이트였다. 고시원과 같은 건물 1층에 있는 '만나' 치킨집 배달 아르바이트 모집 공고, 거기에 적혀 있는 시급 육천 원 글씨만 보고 무작정 문을 열고 들어간 것이었다.

"근데, 사장님. 여긴 원동기 운전면허 자격증 없어도 되나요?"

저녁부터 바로 출근하라는 오십대 중반의 머리가 약간 벗겨진 사장에게 나는 조심스럽게 물었다.

"뭐, 우린 바로 앞에 있는 아파트 단지만 배달하라는 거라서…… 체력은 괜찮지?"

내 실수라면 그때 사장의 말 속에 숨겨진 의미를, 거기에 생략된 진실을 바로 알아차리지 못한 데 있었다.

에둘러 말할 것도 없이 '만나' 치킨집 앞, 총 800가구가 거주하는 25층 높이의 '행복 아파트'는 배달 사원들의 승강기 사용을 일절 금하고 있었다. 아파트 1층 엘리베이터 옆에 그런 경고문이 붙어 있었다.

당 아파트에 출입하는 배달 사원들로 인해 주민들의 이용 불편과 승강기 유지 관리비가 발생하므로…… 반드시 계단을 이용해…….

처음 그 경고문을 보고 이게 뭔가, 나는 잠깐 멍하니 서 있었다. 그러다가 마침 문이 열린 엘리베이터에 반사적으로 몸을 실었다. 첫 배달은 11층이었다. 에이, 뭐 별일 있으려고. 누가 보는 것도 아닌데……. 하지만 그런 내 생각은 배달에서 돌아오자마자 여지없이 깨져버렸는데, 사장이 사뭇 미안한 얼굴로 "거, 엘리베이터 탔구나? 경비실에서 CCTV로 다 보고 있어. 그러면 안 돼"라고 말했기 때문이었다. 그제야 나는 사장이 면접 자리에서 체력 운운한 이유를 깨닫게 되었다.

나는 좀 당황했지만, 첫날이니까 아무 생각 없이 무작정 뛰어다니기만 했다. 생각할 겨를도 없이 12층에서 9층으로, 4층에서 다시 21층으로……. 자정 무렵 마지막 배달을 마칠 때까지 나는 뛰고 또 뛰고, 오르고 또 올랐을 뿐이었다. 그렇게…… 두 달 넘도록 아르바이트를 했다.

그 두 달 동안 나는 치킨 배달 아르바이트가 아닌, 흡사 히말라야 산악인들을 위한 셰르파가 된 심정이었다(언젠가 한번은 18층까지 낑낑거리며 올라갔더니 내 또래 젊은 여자가 "어머, 우리는 프라이드 아니라 양념 시켰는데요?"라면서, 다시 갖다 달라고 한 적이 있었다. 나는 그때 그 여자 앞에 무릎 꿇고 '제발 그냥 프라이드 먹으면 안 될까요?' 두 손 모아 빌 뻔했다).

퇴근해서 고시원 작은 침대에 누우면 계단이 눈앞으로 일어서는 듯한 환영이 보이기도 했다. 사장이 퇴근할 때마다 주는 생맥주 한 잔에 속아서 참아온 두 달이었다. 하지만 이젠 더 이상 못 버틸 것 같았다. 그놈의 엘리베이터, 그놈의 계단…….

마지막 배달이라고 생각하면서 다시 계단을 오르려고 할 무렵, 엘리베이터에서 마흔쯤 되어 보이는 남자가 내렸다.

"저기 1702호 배달 가시죠? 주세요. 제가 갖고 올라갈게요."

남자는 치킨값을 내밀면서 말했다. 나는 머뭇거리다가 남자에게 치킨을 내밀었다.

"앞으로 저희 집 배달은 여기 엘리베이터 앞으로 오시면 됩니다."

남자는 나에게 꾸벅 고개까지 숙인 후, 다시 엘리베이터 앞으로 돌아섰다.

나는 왠지 조금 울적한 기분에 사로잡혔다. 가게로 돌아가려고 몇 걸음 떼던 나는 그때까지 엘리베이터를 기다리고 있던 남자에게 말을 건넸다.

"이게 왜…… 이런 일들이 생긴 거죠?"

갑작스러운 내 질문에 남자는 조용한 목소리로 이런 말을 했다.

"글쎄요. 아파트에 사니까 아파트만 생각해서 그런 거 아닐까요?"

남자는 그 말을 남긴 채 엘리베이터 안으로 사라졌다.

두고 봐라

 구청에서 삼십 년 가까이 근무한 그의 아버지가 서울 생활을 정리하고 귀농한 것은 재작년 구정 무렵의 일이었다. 수영교실이다, 문화센터 노래교실이다, 서울에서 이런저런 일들로 바빴던 그의 어머니는 완강하게 반대했지만 끝끝내 아버지의 고집을 꺾진 못했다.
 "황혼 이혼을 할 수도 없고, 어쩌냐. 혼자선 라면도 못 끓여 먹는 위인인데……."
 그의 아버지는 아파트를 정리해 경기도 가평에 단층 슬래브 농가 주택과 오백여 평 되는 밭을 사들였다. 그곳은 아버지의 고향이기도 했다. 고등학교 시절부터 서울에서 홀로 자취를 한 그의 아버지는 그것이 귀농이자 귀향인 셈이었다.

사 년 전 결혼을 해 이제 세 살짜리 아이를 둔 그는, 아버지 어머니가 가평으로 이사 간 그다음 주 처음 그곳을 찾아가 보았다. 가평까지 향하는 차 안에서 아내는 "나는 뭐 좋기만 하네. 이렇게 가끔 바람 쐴 수도 있고"라고 말했지만, 그는 기분이 영 이상했다. 마치 아버지가 영영 다른 곳으로 떠나버린 기분이었다.

그의 기억 속 아버지는 언제나 칼같이 날이 선 양복바지와 호주머니에 단정하게 접힌 손수건, 그리고 한 손에 모나미 볼펜을 든 채 골몰히 예결산 자료를 보고 있던 모습으로 남아 있었다. 그는 자신의 어떤 시간 또한 순식간에 휙 지나가버린 듯한 기분에 사로잡혔다. 혹시 아버지가 무슨 병을 숨기고 있는 것은 아닐까? 그는 그런 걱정을 하기도 했다.

하지만 가평 집에 도착해 밭에 쭈그려 앉아 있는 아버지의 모습을 보자 그는 웬일인지 조금 안심이 되기도 했는데, 그건 아버지의 손에 들려 있는 서류 뭉치와 모나미 볼펜, 오로지 그것 때문이었다.

"이게 내가 인터넷에서 뽑은 토마토 경작법이거든. 이거대로만 하면 아무 문제 없단다."

아아, 아버지는 농사짓는 것도 서류로 배우시는구나. 뭐, 여전하시네. 그는 속으로 그렇게 생각했다. 하긴 아버지는 농사라곤 제대로 지어본 적 없는 분이니까. 그는 아버지가 토마토 옆에 삐뚤빼뚤 박아 놓은 지지대를 보며 슬쩍 고개 돌려 웃었다.

"두고 봐라. 우리 손주, 올여름엔 토마토 물리게 먹게 해줄 테니까."

그의 아버지는 서류를 넘겨 본 후, 다시 줄자로 지지대의 높이를 꼼꼼하게 재보면서 그렇게 말했다.

그가 아버지로부터 첫 택배를 받은 것은 그해 7월 중순의 일이었다. 모두 세 박스가 배달되어 왔는데, 두 상자엔 토마토가 나머지 하나엔 상추가 들어 있었다.

"어머, 이 토마토 색깔 좀 봐. 이런 게 진짜라니까."

그의 아내는 토마토를 보면서 손뼉까지 쳐대며 좋아했다. 그는 택배 상자를 슬쩍 들여다보면서 어쩐지 조금 우쭐한 기분이 되어 "우리만 먹기엔 너무 많은 거 아니야? 처형네도 좀 나눠주지그래"라고 말했다. 그의 아내는 바로 처형에게 전화를 걸어 "글쎄, 그렇다니까. 완전 유기농이야" 하면서 콧잔등을 찡긋거렸다. 일산에 사는 처형은 그날 밤 퇴근길에 바로 들러 토마토 한 박스와 검은 비닐봉지 가득 상추를 담아 집으로 돌아갔다.

그가 어머니의 전화를 받은 것은 그 이튿날의 일이었다.

"혹시 네 아버지가 택배 보냈더냐?"

어머니는 마치 무언가 은밀한 비밀을 누설하는 사람처럼 목소리를 낮춰 물었다.

"네. 뭘 그렇게 많이 보내셨어요?"

그가 대답하자 어머니는 한숨을 길게 내쉰 후 말했다.

"내가 그렇게 보내지 말라고 했는데도…… 그거 말이다, 어미한테 빡빡 씻어서 먹으라고 해라. 거, 농약을 얼마나 세게 쳤는지 모른다……."

그가 아무 말도 못하고 침묵을 지키고 있자 어머니가 덧붙였다.

"서류 보고 농사짓다가 서류대로 안 되니까 농약을 냅다 쳐대는데…… 에휴 참, 남부끄러워서."

그는 조용히 통화를 마친 후, 그 얘기를 아내에게, 처형에게 해줘야 할까 말까 한참을 궁리하고 앉아 있었다.

이듬해, 그는 아버지로부터 다시 옥수수 세 박스를 택배로 받았다. 이걸 또 어쩌나 걱정하고 있을 무렵, 아니나 다를까 이튿날 바로 어머니가 전화를 걸어왔다.

"아비야. 그거 먹지 마라. 그거 죄다 사료용이란다. 사료용하고 식용도 구분 못하고 냅다 심기만 해서……."

그는 아무 말 없이 어머니의 말을 듣고만 있었다.

말처럼 쉽지 않네

 강원도 P읍에서 송아지도 기르고 포도도 재배하는 친구 상필이가 초겨울이 되고부터는 사흘에 한 번꼴로 전화를 걸어오기 시작했다.
 "야, 한번 내려와야지. 못 본 지 벌써 몇 해야?"
 가만가만 손가락으로 꼽아보니 햇수로 사 년쯤 된 듯싶다. 고교 때부터 어울렸던 몇몇 친구들과 부부 동반으로 상필이네 집 앞마당에 텐트를 치고 여름휴가를 즐겼던 것이.
 그때 상필이네 집 앞마당에 우수수 쏟아지는 별을 보며 친구들은 저마다 "야, 여기서 아예 터 잡고 살고 싶네" 한마디씩

던졌다. 그만큼 바람도 좋고 나무도 좋은 곳이었다. 하지만 바람이 좋다고 나무가 좋다고 해서 그곳에 자리 잡을 수는 없는 법. 우리에겐 서울에서의 질서가 타이머 다 된 전기밥솥처럼 기다리고 있었다.

"글쎄 말이야, 한번 간다고 하면서도…… 이게 말처럼 쉽지 않네. 애들도 주말엔 학원을 간다 하고……."

"그냥 너 혼자 잠깐 왔다 가면 안 될까? 보여줄 것도 있는데……."

나는 상필이의 말에 "그래, 그래, 시간 한번 내볼게"라며 서둘러 전화를 끊었다. 그러곤 이내 통화 내용은 깡그리 잊은 채 금요일까지 제출할 신상품 홍보 전략 기획 워크시트를 작성하느라 분주했다. 별이 다 뭐냐, 부장한테서 깨질 때마다 잠시 허공을 스쳐 지나가는 게 별이더냐. 나는 잠깐 그런 생각을 하기도 했다.

그러던 12월 하순쯤이던가, 서울에 사는 고교 동창들과 망년회를 한답시고 모였을 때, 다시 한 번 상필이 이야기가 튀어나왔다. 알고 보니 나뿐만 아니라 다른 친구들 모두 그즈음 계속 상필이의 전화를 받고 있었다.

"진짜 뭔 일 있는 거 아니야?"

몇몇이 고개를 갸우뚱거리며 궁금해하자 우리 중 유일하게 피자 가게를 운영하며 사장님 소리를 듣는 성원이가 손사래를 치며 나섰다.

"일은 젠장…… 거, 괜히 쓸데없는 일로 바쁜 사람 불러내고……."

사정을 들어보니 성원이는 이미 열흘 전 상필이의 전화에 시달리다 못해 강원도까지 한 번 갔다 온 모양이었다. 그리고 그곳에서 '별 희한한 꼴'을 다 보았다는 것이다.

"걔가 보여준다는 게…… 그게 자기네 마을 조기 축구회더라고."

"조기 축구회? 그게 뭐 대수라고?"

"내 말이 그 말 아니냐? 시골 아저씨들이 조기 축구에 미쳐서 애들 초등학교에 인조 잔디까지 깔고, 유니폼은 레알 마드리드 거 그대로 갖다 입고……."

우리들은 성원이의 말에 낄낄거리면서 웃기 시작했다. 무언가 심각한 일인 줄 알았는데, 그냥 모든 게 농담인 것으로 판명 난 느낌이었다.

"거기에 더 가관인 게…… 이게 말만 조기 축구지 아침부터 시작해서 점심때까지 계속 끝나지 않는 거야. 세 게임, 네 게임, 계속."

"아니, 그러면 송아지는 누가 돌보고?"

"송아지도 나와서 구경하고 있더라. 아이들도 아주머니들도 동네 사람들 전부 다."

성원이의 그 말에 우리는 다시 떠들썩하게 웃을 수 있었다. 이거 우리가 팀을 만들어서 원정시합이라도 한번 가야 하지 않을까. 우리는 술잔을 기울이면서 계속 그런 농담을 했을 뿐, 그 마을 사람들이 왜 그토록 열심히 조기 축구에 매진하는지, 그 이유에 대해선 생각하지 않았다. 그저 모두가 '레알?' '레알?'거리며 장난처럼 여겼을 뿐.

사정을 조금 더 자세하게 알게 된 건 그로부터 다시 두 달이 지났을 무렵이었다. 퇴근을 하고 돌아오니, 아내가 그날 점심 무렵에 받은 전화에 대해서 얘기했다. 포도 주문 때문에 몇 번

통화한 적 있던 상필이 아내에게서 걸려온 전화였다.

"거, 그 마을 사정이 좀 딱한가 봐."

"딱하긴 무슨…… 맨날 축구만 하는 사람들인데."

"그게 아니고…… 그게 다 그 마을 초등학교가 폐교된다고, 그래서……."

"폐교?"

"그래. 그래서 남자들이 돈 걷어서 학교에 잔디도 깔고, 맨날 학교 들썩거리게 운동도 하고 그랬는데…… 그래도 이사 오는 사람들이 없어서…… 결국 그렇다나 봐."

"그럼 그게 다 폐교 막으려고 그랬던 거라고?"

"상필 씨는 친구들 중 몇 명이라도 이사를 오지 않을까, 기대한 눈치더라고. 어쩜, 그렇게 순진하지? 거기가 어디라고 아이들을 데리고 이사를 가? 안 그래?"

나는 아내의 말에 쉽게 대답할 수가 없었다. 그럴 기분이 아니었기 때문이다.

개굴개굴

 그가 아이들 세 명을 차에 태우고 양평 근교 계곡을 찾은 것은 7월 마지막 주 월요일 오후의 일이었다. 휴가 첫날이자 초등학교와 유치원이 서로 짜고 고스톱이라도 친 듯 일제히 방학에 들어간 날이기도 했다.
 그는 양평까지 차를 몰고 가는 내내 아침 식탁에서 아내와 했던 가벼운 말다툼을 떠올렸다. 출판사에 다니고 있는 아내는 분명 휴가 날짜를 조정해보겠다고 약속했었다. 하지만 그건 모두 아내의 섣부른 바람이었을 뿐 약속은 지켜지지 못했다. 그럼 미리 얘기했으면 나라도 휴가 날짜를 뒤로 미뤘을 거 아

니야. 그는 쓸모없는 말인 줄 알면서도 그렇게 성을 냈다. 아내의 출판사는 여름 특수 시장을 노리고 대대적인 홍보 작업에 들어가 있었다. 그럼, 어떡해. 애들도 방학인데. 둘 중 한 명이라도 애들하고 함께 있어야지. 아내도 지지 않았다. 아내의 말이 틀린 것은 아니었다. 하지만 그는 좀 암담했다. 큰아이가 여덟 살, 둘째가 여섯 살, 막내가 다섯 살이었다. 모두 사내아이들이었다. 아내 없이 아이들 세 명과 온종일, 그것도 일주일씩이나 함께 있을 생각을 하니 이건 휴가가 아닌, 홀로 정글에 툭 떨어진 기분이 들었다. 이게 무슨 극한 휴가도 아니고……

실제로 아내가 출근하고 난 후, 세 아이는 쉴 새 없이 소파 위에서 점프하면서 개구리 흉내를 냈다. 엄마 말을 듣지 않는 청개구리, 엄마가 죽자 냇가에 무덤을 만든 청개구리, 비가 올 때마다 엄마 걱정 때문에 개굴개굴 울게 된 청개구리. 아이들은 얼마 전 아내가 읽어준 동화책 그대로 집 안 곳곳을 폴짝폴짝 뛰어다니기 시작했다. 가뜩이나 층간 소음 문제 때문에 아래층 사람하고도 사이가 안 좋은데, 그는 아이들을 쫓아다니면서 하지 말라고 소리쳤지만 아무 소용이 없었다.

양평에는 그가 아내와 연애 시절 곧잘 차를 몰고 찾아가던 호젓한 계곡이 있었다. 아름드리나무가 그늘을 만들어주고, 그리 깊지 않은 계곡 물 안으로 자잘한 조약돌이 깔려 있던 곳. 그래 차라리 그곳에나 다녀오자. 거기 가면 개구리도 볼 수 있을 테니까. 그는 세 아들에게 반바지를 입히면서 생각했다. 층간 소음 신경 쓰느니 거기에서 발이라도 담그고 오는 게 훨씬 나을 거야.

양평 계곡은 변한 게 별로 없었다. 아름드리나무도 그대로였고 조약돌도 변함없었다. 단 예전엔 아무도 찾지 않던 곳인데, 군데군데 텐트를 치고 자리를 깐 피서객들의 모습이 눈에 많이 띄었다. 무슨 무슨 동호회 플래카드를 내건 사람들의 모습도 보였다. 그는 신경 쓰지 않았다. 그는 그저 아이들과 계곡 물에 발을 담그고 개구리나 작은 피라미 같은 것을 보고 갈 작정이었으니까.

하지만 그의 그런 생각은 얼마나 어리석었던 것일까? 아이들은 계곡 물에 발을 담그자마자 곧장 다시 개구리 흉내를 내면서 점프를 하기 시작했다. 계곡 물 가운데로 점프, 다시 점프. 아이들 몸은 이내 흠뻑 젖었고, 그런 아이들을 말리려 계곡 물 안으로 뛰어든 그도 발을 헛디디는 바람에 위아래 모두 흠뻑 젖고 말았다. 아이 씨, 갈아입을 옷도 수건도 없는데……. 그는 당황했지만 아이들은 마냥 신이 난 듯 그의 머리 위로 계속 물을 뿌려댔다. 그는 머릿속으로 계속 '산은 산이요 물은 물이로다'라는 경구만 떠올렸다.

예상치 못한 일은 그 뒤로도 계속 벌어졌다. 온몸이 흠뻑 젖은 채 이를 어쩌지 바위 위에 아이들을 앉혀놓고 망연히 허공을 바라보고 있을 무렵, 동호회 아주머니 한 명이 수박 몇 조각을 갖고 그의 앞으로 다가왔다.

"이거 좀 드세요."

그는 아주머니의 호의가 부담스러웠지만 거절하기도 민망해 어정쩡한 자세로 받아 들었다.

"엄마도 없이…… 아이고, 아빠가 고생이 많네."

그는 쑥스러운 듯 뒤통수를 몇 번 긁적거렸다.

"그래, 애들 엄마는 언제 세상을 뜬 거요?"

그는 뚱한 표정으로 아주머니를 바라보았다.

"아까, 애가 우리 쪽으로 와서 그러더라고. 엄마가 죽어서 이쪽에 무덤을 썼다고…… 쯧쯧, 어린것이."

아주머니는 그러면서 막내의 머리를 쓰다듬어주었다. 그는 황당하고 기가 막혔지만 막내는 아무 일 아니라는 듯 수박을 먹기 시작했다. 그리고…… 그때부터 한 명 두 명 다른 사람들이 복숭아와 포도를 들고 찾아오기 시작했다. 그들은 아주머니와 똑같은 말을 그에게 건넸다. 그는 정말이지 개굴개굴 울고 싶은 심정이었다.

웃는 신부

신부는 큭큭 어깨까지 들썩이며 웃음을 참는 기색이 역력했다.

나는 좀 난감한 심정이 되어버렸다. 대학 친구 재만이가 마흔 살이라는 늦은 나이에 장가를 간다기에, 그것도 열한 살이나 어린 신부를 맞이한다기에 기꺼운 마음으로 사회를 보겠다고 나섰는데, 이게 뭔가 싶었다.

그러니까 주례 선생님이 막 신랑에 대한 덕담을 시작했을 무렵이었다.

"신랑 김재만 군은 대학 재학 시절부터 성실하고 눈에 띄는 학생이었으며…… 졸업 이후에는 다양한 사회생활 경험을 쌓고…… 현재는 새로운 사업을 구상하고 있는 예비 청년 창업가로서……."

주례 선생님은 재만이와 나의 대학교 은사였다. 전공은 행정법이었지만 한학에 조예가 깊고 난초를 즐겨 가꾸는, 재작년 학교에서 정년퇴임한 분이었다. 그러니까 그 주례사는 선생님 입장에선 최대한 거짓말을 피한, 약간의 윤색으로 치장한 말이었다. 뭐, 대부분의 주례사가 다 그렇지 않던가. 그렇다고 많은 하객들과 양가 부모님 앞에서 이놈은 대학 내내 술을 퍼마셨으며, 그래도 기특하게도 강의에는 꼬박꼬박 들어왔고, 하지만 수업 시간 내내 술 냄새 풀풀 풍기며 잠을 퍼 잤으며, 졸업 후에는 공무원 시험 준비한다, 공인중개사 자격증을 딴다, 컴퓨터 프로그래밍 기술을 배운다, 돈만 갖다 버리고 아무것도 이룬 것이 없으며, 현재 카페를 하겠다며 부모님에게 계속 사업 자금을 대달라고 종용하고 있는 젊은이입니다…… 뭐, 이럴 순 없지 않은가.

하지만 바로 그 대목에서부터 신부는 웃기 시작한 것이었다.

하객들을 등지고 서서 다른 사람들은 눈치채지 못했지만, 신부를 정면으로 바라본 채 주례사를 하던 선생님의 이마는 벌겋게 달아오르기 시작했다. 신부는 고개를 숙이고 있었지만 입술도 앙다물고 있었지만, 큭큭큭 연신 작은 웃음소리를 냈다. 한번 웃기 시작하면 잘 멈추지 못하는 여자 같았다. 나는 마음이 조마조마해졌다. 그건 재만이도 마찬가지인 것 같았다. 주례 선생님의 눈치를 살피느라, 남몰래 툭툭 팔꿈치로 신부를 치며 진정시키느라, 재만이의 귀밑머리 아래론 굵은 땀방울이 흘러내리고 있었다.

주례사가 끝나고 신랑 신부가 하객들을 향해 뒤돌아섰을 때, 다행히 신부의 얼굴은 웃음을 거두고 다시 무표정하고 조신한 새색시의 그것이 되어 있었다. 그나마 한숨을 돌리고 다음 식순을 진행해 나가려는 순간…… 다시 신부의 웃음이 터져버렸다. 이번엔 신부의 어머니 아버지에게 인사를 하는 순서였다. 신부의 어머니가 손수건으로 눈가를 훔치며 사위와 딸에게 인사를 받으려는 찰나, 신부가 한 손으로 입을 가리고 예의 또 어깨를 들썩거리며 웃기 시작한 것이었다. 아니, 뭐 저런 신부가 다 있담. 나는 저절로 인상이 구겨졌다. 원래 저 순간엔 모든 신부들과 신부의 어머니들이 눈물을 쏟지 않던가. 감정이 북받쳐 신부 화장이니 뭐니, 다 망쳐버리지 않던가. 한데 우는 어머니 앞에서 웃는 신부라니. 여기저기 하객들 사이에서 웅성거리는 소리가 들리고, 그런데도 신부의 터진 웃음은 멈추질 않고…… 그 이후 결혼식이 어떻게 진행되었는지 모를 정도로 나는 더듬더듬 식순에 적혀 있는 글자들만 빠르게 읽어 나갔다. 결혼식은 예정되어 있던 축가도 생략하고 신랑 신부의 행진으로 서둘러 마무리되었다.

피로연도 끝나고 하객들도 모두 빠져나간 뒤, 나는 그제야 재만이와 함께 예식장 뒤편 주차장에 서서 담배를 한 대 나눠 피울 수 있었다.

"네 신부 도대체 뭐냐? 왜 그렇게 자꾸 웃어대는 거야?"

"말도 마. 폐백하면서 시어머니한테 꾸중 들은 신부는 지구상에서 걔가 유일할 거다."

"아니, 그러니까 이유가 뭐야? 무슨 병이 있나?"

재만이는 내 말에 잠깐 침묵을 지키다가 이윽고 이런 말을 내게 해주었다.

"우리 장모님이 젊은 시절부터 혼자 몸으로 딸을 키웠잖냐. 그래서 기죽지 말라고 딸을 더 자주 웃겼다나 봐. 그게 버릇이 됐대."

"응? 아까 보니까 신부 아버님도 계시던데?"

나는 뚱한 표정으로 재만이에게 물었다.

"어, 그분? 그분 아르바이트야. 그래서 더 웃겼다나 봐. 엄마가 자기 시집보내는 순간까지도 자기를 웃겨주는 것 같아서……."

나는 어쩐지 마음이 조금 짠해져서 신부의 얼굴을 다시 한 번 보고 싶어졌다. 함께 웃어주고 싶어졌다.

아아아아

 아내가 분만실로 들어간 후, 그는 대기실 장의자에 차마 앉지 못한 채 계속 문 앞을 서성거리기 시작했다. 장의자엔 대신 이제 막 두 돌이 지난 첫째 아이를 앉혔다. 첫째 아이는 '뽀로로' 장난감 휴대전화를 귀에 대고 연신 "엄마, 엄마"를 외쳐댔다. 두 눈은 계속 분만실 쪽을 향해 있었다. 분만실에서는 간간이 아내의 비명소리가 들려오기 시작했다.
 분만실에 들어가기 전 이마에 여드름이 많이 난 간호사가 그에게 물어왔다.
 "혹시, 가족분만 하실 건가요? 요즈음은 다들 그렇게 하시는데?"

그가 우물쭈물 대답하지 못하는 사이 침대에 누워 있던 아내가 단호한 목소리로 말했다.

"아니요. 더 방해만 돼요."

그가 들릴 듯 말 듯한 목소리로 "그래도 함께 있는 게 더 낫지 않겠어?"라고 물었지만 아내는 뜻을 굽히지 않았다. 아내는 짧게 그를 흘겨보기도 했다. 간호사는 그들 부부를 번갈아 가며 바라보다가 차트에 무언가를 적은 후 입원실 밖으로 나가 버렸다. 그는 죄지은 사람처럼 가만히 고개만 숙이고 앉아 있었다.

이 년 전 가을, 그러니까 그들 부부의 첫째 아이가 태어나기 직전 그는 불광동에 있는 한 산부인과 전문병원에서 난생처음 '가족분만'이라는 단어를 듣게 되었다.

"남편분이 분만의 전 과정을 함께하는 거예요. 그러면 산모의 고통도 훨씬 덜하거든요."

안경을 쓴 젊은 산부인과 여의사는 볼펜 끝으로 톡톡 책상을 쳐대면서 말했다. 그는 옆에 앉은 아내를 보면서 "아하하하,

그렇게 좋은 분만도 있었군요. 그럼 당연히 그걸로……"라고 말했지만 정확히 그것이 어떤 분만법인지 도무지 짐작할 순 없었다. 그냥 뭐 아내 손만 꽉 잡아주면 되는 거겠지, 그렇게 단순하게 생각하고 말았던 것이다.

하지만 결론부터 미리 말하자면, 첫째 아이가 태어나던 그날 그는 간호사에 의해 가족분만실 밖으로 쫓겨나고 말았다. 아내보다 그가 더 큰 소리로, 그것도 아주 꾸준하고 일정하게 계속 비명을 질러댔기 때문이었다. 아내에게 힘을 내라고 이제 거의 다 됐다고 응원해주던 여의사는 자주 한숨을 내쉬며 그를 바라보았다. 그러거나 말거나 그는 아내가 비명을 지를 때마다 한 옥타브쯤 더 높은 음정으로 계속 비명을 질러댔다. 그건 그도 모르게 나오는 비명이었다. 키가 껑충하고 마른 그는, 제 몸 자체가 마치 커다란 울림통이 된 듯싶었다. 그리고 그 소리에 여의사의 응원 목소리와 아내의 비명 소리는 모두 묻히고 말았다.

"이해하세요. 이 사람이 원래 공포영화도 혼자 못 보는 사람이라서……."

아내는 그 와중에도 어금니를 앙다문 채 그의 변명을 대신

해주었다. 그의 아내는 그가 대기실로 쫓겨난 지 채 오 분도 지나지 않아 건강한 첫째 아이를 순산했다.

삼십 분이 지나도록 분만실에선 아무런 기별이 오지 않았다. 대신 아내의 비명 소리만 점점 더 높아져갔다. 그럴수록 장의자 끝과 끝 사이를 오가는 그의 발걸음이 빨라졌다. 첫째 아이는 그런 그의 모습을 보다가 아무것도 모른 채 분만실에서 들려오는 제 엄마의 목소리에 맞춰 소리를 질러대기 시작했다.

"아아아아."

첫째 아이는 제 엄마의 비명소리보다 반 박자 늦게 소리를 질러댔다. 그리고…… 그렇게 무표정한 얼굴로 소리를 따라하다가 결국은 찔끔찔끔 진짜로 눈물을 흘리기 시작했다. 그는 걸음을 멈추고 아이 옆에 앉았다. 그러곤 가만히 아이와 눈을 맞추고 있다가 분만실에서 아내의 비명 소리가 터져 나올 때 함께 비명을 질러주었다. 아아아아. 그는 애써 웃는 표정을 한 채 그렇게 소리를 질렀다.

우느라 볼까지 빨개진 아이는 그의 얼굴 표정을 보곤 이내 울음을 멈추었다. 아아아아. 아이는 그제야 분만실에서 들려오는 제 엄마의 목소리가 그냥 장난 같은 거였구나, 생각이 든 모양이었다. 그는 웃으면서 계속 비명 소리를 멈추지 않았다. 아아아아. 우리는 너나없이 고통 속에서 태어난 존재들이란다. 아아아아. 그는 비명을 지르며 아이에게 속엣말을 했다. 고통 다음에야 비로소 가족의 이름을 부여받는 거야. 아아아아. 그래서 가족이란 단어는 들으면 눈물부터 나오는 거란다. 그는 계속 소리를 지르면서 되새겼다. 아아아아. 그는 정말이지 눈물이 날 것만 같았다. 그래도 꾹 참고, 아이를 바라보면서 오랫동안 소리를 내질렀다. 아아아아.

5월 8일생

하나밖에 없는 우리 형은 애꿎게도 1981년 5월 8일 태어났는데, 거참, 태어날 날을 스스로 정할 수도 없고, 개명하듯 생년월일을 바꿀 수도 없는 탓에, 해마다 생일에 자기 돈 내고 카네이션 사는 일을 근 삼십 년 가까이 해야만 했다. 형은 초등학교 졸업할 때까진 생일과 어린이날을 '퉁치는' 부모님의 만행을 기꺼이 받아들여야만 했고, 그래도 항상 카네이션은 사야만 했고, 자기 생일 케이크를 눈앞에 두고도 늘 먼저 '높고 높은 하늘이라 말들 하지만 나는 나는 높은 게 또 하나 있지~' 하는 노래를 불러야만 했다. 그래서인지 몰라도 우리 집 5월 8일의 풍경은 그러니까 형이 고등학생, 대학생이 될 때까지 갈수록 온 우주가 다 어색해지고, 집 안 화초들마저도 고개를 창가 쪽으로 돌리는 멋쩍은 분위기가 연출되곤 했다.

"어머니, 아버지. 어버이날 축하드려요. 올해도 건강하시고요."
"그래, 뭐, 너도 생일 축하한다."
"뭐한다고 힘들게 미역국을 끓이셨어요?"
"어버이날이 뭐 별 거라고…… 할 건 해야지."

그러곤 침묵. 서로 묵묵히 밥을 먹고 각자 회사로 학교로 나가는 일상이 이어진 것이다.

형은 안타깝게도 친구들에게도 제대로 된 생일 축하 한번 받아보지 못했는데, 청소년 때는 친구들이 카네이션 사는 데 용돈을 전부 쓰느라 선물을 챙겨주지 못했고, 대학생이 된 이후에는 "야, 그래도 어떻게 어버이날 술을 마시고 들어가냐? 다음에 하자, 다음에" 하는 응답을 받았기 때문이었다. 나? 나는 뭐…… 형이 그냥 '어버이'가 된 기분이었다. 두 살 터울 형제끼리 생일 선물을 주고받는 것도 어색하고, 생일 축하 노래를 혼자 불러주기도 민망해, 그냥 속으로만, 경건한 마음으로,

형 생일을 축하해주었다(몇 년 전인가, 술을 마신 늦은 밤, 다음 날 어버이날 카네이션을 사다가 형 몫으로 하나 더 샀는데…… 나에게서 카네이션을 받은 형은…… 아무 말도 없이 길게 한숨만 푹 내쉬었다).

그러던 형이 폭발한 것은 며칠 전 어버이날이었다. 물론 이런저런 사정이 먼저 있었다. 우리 나이로 올해 서른여섯이 된 형은 벌써 오 년째 경찰공무원 시험을 준비하고 있었는데, 결과는 올해도 낙방. 하필 시험 결과 발표가 4월 말에 나는 바람에 집안 공기는 더 냉랭하고 스산하게 변해버렸다. 아버지도 현직에서 퇴직해 연금으로 생활하는 처지였고, 나? 나 또한 거듭된 취업 실패에 지쳐 막 대학원에 진학한 처지였으니……. 그야말로 삼부자가 백수나 진배없는 상황이었다. 그런 상황 속에서 맞는 어버이날이었으니 어머니 입에서 혼잣말처럼 이런 대사가 튀어나온 것도 하등 이상할 일 없는 노릇이었다.

"남들은 어버이날이라고 자식들이 여행을 보내준다, 용돈을 준다, 하는데…… 뭔 놈의 팔자가 평생 어버이날 미역국이나 끓여대고 있으니, 원……."

평상시 형 같았으면 국으로 가만히 고개를 숙인 채 앉아 있으련만, 그러나 올해는 달랐다.

"누가 미역국 끓여달라고 했어요? 나는 뭐 이러고 싶어서 이런 줄 아세요? 나도요, 매번 생일 때마다 죄지은 기분이라고요!"

아버지와 나는 평소와 다른 어머니와 형 사이에서 가만히 눈치를 보다가 말없이 미역국을 떠먹기 시작했다. 아이 씨, 나가서 케이크라도 사와야 하나? 나는 잠깐 그런 생각을 하기도 했다.

"그렇게 죄지은 거 같으면 아무 데나 취직해서 빨리 장가라도 가! 그러면 네 생일은 네 부인이 챙겨줄 거 아니야! 그러면 되겠네!"

어머니의 말에 형은 아무 말도 하지 않고 가만히 식탁 한쪽을 내려다보다가 성큼성큼 제 방으로 들어가버렸다. 나는 밥을 먹다 말고, 그래도 형 생일인데 시험도 떨어졌는데 어머니가 너무 하네 하는 생각을 했고, 그래서 조용조용 형 방으로 걸어갔다.

형은 책상 의자에 등을 기댄 채 눈을 감고 있었다.

"형, 내가 아는 누나 중에 공무원이 한 명 있거든. 내가 형 생일 맞아서 어떻게 소개팅 자리라도 한번 만들어볼까? 내가 미리 얘기는 해놨는데……."

"일없다."

형은 계속 눈을 감은 채 무표정한 목소리로 말했다.

"그래도 형, 엄마 말처럼 장가라도 가면……."

그러자 형이 조금 물기 섞인 목소리로 이렇게 말했다.

"너, 그거 아냐? 난 장가를 가면 어버이가 두 분 더 생긴다. 생일날 챙겨야 할 어버이가 두 분 더 늘어난다고……."

형은 5월 8일생이었다. 사위가 되든 자식이 되든, 변함없는. 나는 예전보다 형이 한 뼘은 더 안쓰러워졌다.

초간단 또띠아 토스트 레시피

새벽 세 시, 그는 방에서 혼자 케이블TV를 보다가 또띠아(tortilla) 토스트를 해먹을 결심을 했다. 사실 그건 그로선 놀라운 변화였다. 뭘 해먹을 생각을 한다는 것, 아니 무언가 스스로 해보겠다고 결심을 한 건, 거의 이 년 만에 처음 있는 일이기 때문이었다. 그래서인지 몰라도 방문을 조용히 열고 부엌으로 향하는 그의 두 다리는 조금 떨리기까지 했다. 현기증마저 이는 느낌이었다.

그는 대학을 졸업한 뒤 일 년 가까이 지자체가 설립한 공사에서 비정규직으로 일한 경험을 갖고 있었다. 부동산 개발을 전문으로 하는 회사였는데, 그곳에서 그는 일 년 동안 주로 복사를 하거나 해당 지자체 부동산에 관련된 언론 기사들을 스크랩하는 일을 도맡아 했다. 그것은 별다른 전문적 지식이 필요치 않은 일이었다. 일 자체도 따분하고 지루한 것이었지만 그는 나름대로 성실하게 일했다. 상사가 시키는 일들을 군소리 없이 정해진 시간 안에 마무리하곤 했다. 하지만 그렇게 일 년의 시간이 지난 후, 그에게 돌아온 것은 계약 해지였다.

또띠아는 조금 커다란, 그러니까 한 뼘 정도 크기가 되는 서양식 만두피였다. 케이블TV에서 그는 어느 유명 셰프가 그 또띠아를 이용해 초간단 토스트를 만드는 것을 지켜보았다. 양파를 얹은 달걀 프라이를 만든 후, 그것을 조금 구워진 또띠아 위에 올린 다음 돌돌 말아주면 끝. 그 셰프는 또띠아를 말기 전, 그 위에 설탕을 잔뜩 뿌렸는데, 그는 그것이 마음에 들었다. 어쩐지 그를 위한 맞춤형 음식 같았다. 그의 입에 군침이 돌고, 당장 저것을 해먹어야겠다고 생각한 것은 바로 그 설탕 때문이었다. 그에겐 그 달달한, 위로와 격려가 필요했다.

일흔이 넘은 부모님과 함께 사는 그의 집 냉장고엔 당연히 또띠아가 들어 있지 않았다. 시청에서 정년퇴직한 그의 아버지와 평생을 가정주부로 살아온 어머니, 그리고 이 년째 아무 일도 안 하고 방 안에만 틀어박혀 살았던 그. 냉장고 안은 지금 그들 가족의 현재를 보여주는 것처럼 휑뎅그렁한 모습이었다.

그는 한참 동안 냉장고를 바라보다가 싱크대 선반 안에 들어 있던 밀가루를 꺼내 직접 또띠아를 만들기 시작했다. 만두피 만드는 것과 비슷하다고 했으니까······. 그는 밀가루에 물을 부어 두 손으로 꾹꾹 눌러댔다. 그는 지난 일 년 동안 부모님과 같은 식탁에 앉아 밥을 먹은 기억이 없었다. 회사에서 계약 해지된 이후 그는 수십 군데가 넘는 회사에 이력서를 보냈으나, 그러나 돌아오는 것은 무응답, 무응답, 무응답뿐이었다. 그런 시간들이 이어지다 보니 자연스럽게 자신의 방 안에만 틀어박히는 희망도 절망도 남아 있지 않은 화초 같은 상태가 되어버렸다. 한 달 이백만 원 남짓한 연금을 받는 아버지는(그 연금으로 아직 남아 있는 학자금 대출과 아파트 담보 대출금을 내야 했던 그의 아버지는), 처음엔 화도 내고 다독거려주기도 했지만, 어느 정도 시간이 흐른 후엔 그저 침묵, 침묵, 침묵뿐이었

다. 그는 아버지가 식사하는 시간을 피해 혼자 조용히 밥을 먹고 다시 자신의 방으로 돌아오는 일을 반복했다.

그는 밀가루 반죽을 하면서 생각했다. 이 또띠아를 만들어 먹고 나면 막노동 일자리라도 찾아 나가리라. 아버지 어머니 몫의 또띠아를 만들어 식탁 위에 올려놓고 짧은 메모라도 남기리라. 그동안 죄송했다고, 다시 한 번 힘을 내보겠다고. 그는 그런 생각으로 밀가루를 계속 치댔다. 두 손에 전에 없던 힘이 생기는 느낌이었다.

밀가루 반죽을 끝내고 다시 그것을 만두피처럼 넓게 펴는 순서가 돌아왔다. 그는 밀대를 찾으려 싱크대를 뒤졌으나 어쩐 일인지 밀대는 보이지 않았다. 그는 어쩔 수 없이 빈 소주병으로 그것을 대신하기로 했다. 이렇게 간단한 레시피로 훌륭한 음식이 된다면, 나에게도 아직 희망이 남아 있을지 몰라……. 그는 소주병을 힘껏 움켜쥐고 밀가루 반죽을 문지르기 시작했다. 시간은 이미 새벽 네 시를 넘어서고 있었다.

하지만…… 소주병을 쥔 손에 너무 힘이 들어간 탓일까, 그가 잠깐 방심한 틈에 소주병은 부엌 바닥으로 떨어졌고 요란한

소리를 내며 그만 깨지고 말았다. 그 소리에 안방에서 잠을 자던 그의 아버지 어머니가 뛰어나왔다.

그의 어머니는 부엌 식탁에 어지럽게 널려 있는 밀가루 반죽을 바라보다가 그에게 조용히 물었다.

"만두를 해먹으려고 했던 거니?"

그는 부모님의 얼굴을 본 후 처음엔 당황스러웠으나 이내 부끄러워졌다.

"또띠아를 해보려고……."

"뭐, 또…… 또띠…… 뭐? 여보, 얘가 지금 뭐라는 거야?"

그의 아버지가 어머니를 보면서 물었다.

"뽀삐를 왜 해먹어? 이 새벽에?"

그는 거기까지 듣고 다시 아무 말 없이 그의 방으로 달려들어갔다. 하고 싶은 말은 많았으나, 그저 모든 것이 부끄러워졌을 뿐이었다. 나는 그저 무언가를 다시 해보려고 했을 뿐인데…… 그는 괜스레 케이블TV 속 셰프가 원망스러웠다. 누구에겐 초간단 요리가 또 누군가에겐 그렇지 않음을…… 아무도 그것을 말해주는 사람은 없었다.

눈으로 말해요

지난 일요일 오후의 일이었습니다. 모처럼의 휴일인지라 늦잠을 자다가 정오 무렵 부스스 깨어나 짜장 라면 두 개를 끓여 먹었지요. 그러고도 몸이 계속 나른해 자취방에서 뒹굴거리며 재방송되는 개그 프로그램만 멍하니 바라보았습니다.

때는 단풍철인지라 하늘은 동해처럼 깊고 푸르게 사방팔방으로 퍼져 있었지요. 자취방 창문으로 언뜻 보이는 푸른 하늘을 바라보다가 잠깐 외롭다는 생각을 하기도 했습니다. 서른일곱 살인데 애인도 없이 휴일마다 늘어진 추리닝 바람 그대로 자취방 이곳저곳을 배영으로 돌아다니는 제 모습이 한심스러워 보였습니다.

하지만 그렇다고 어디 잠깐 나가볼까, 하는 생각은 하지 않았어요. 저는 택배 기사거든요. 내일 또 새벽부터 밤늦게까지, 이리저리 뛰어다닐 일을 생각하면 그런 마음이 들지 않지요. 나간다고 없던 애인이 생기는 것도 아니고, 주머니 사정도 뻔하니 그냥 자취방에서 TV나 보다가 저녁엔 또 비빔면이나 끓여 먹어야겠다, 저는 그렇게 생각했습니다.

한데, 다섯 시쯤 되었을까요, 제 친구 민철이 와이프에게서 전화가 걸려왔습니다.

"재석 씨, 별일 없으면 저녁이나 먹으러 건너와요."

아, 살다 보면 이런 날도 있는 거지요. 마트 계산대 아르바이트를 하는 민철이 와이프가, 손도 크고 어깨도 넓어 친구들끼리 '백곰 마나님'이라고 흉을 보곤 하던 민철이 와이프가, 꽃게탕을 끓여 놓았다고, 수저 하나만 놓으면 된다고 빨리 넘어오라고 하니(제 자취방에서 민철이네 빌라까지는 걸어서 십 분 거리도 안 되거든요), 없던 허기도 다시 생겨나는 것처럼 느껴졌습니다. 마누라가 애교 없는 것까진 참을 수 있었는데 허리가 없어지니까 못 참겠더라구. 민철이는 종종 그렇게 한숨을 쉬곤 했지만, 제가 보기엔 다 배부른 소리 같았습니다. 꽃게탕을 함께 먹으니 허리가 없어지는 건 당연한 일……. 저는 그런 생각을 하며 자리에서 일어났습니다.

입고 있던 추리닝에 야구모자 하나 달랑 쓰고 찾아간 민철이네 집은, 그러나 분위기가 영 아니었습니다. 식탁엔 분명 꽃게탕이 놓여 있었지만, 민철이 표정이 흡사 도마 위 해삼처럼 축 늘어져 있었거든요. 하지만 저는 신경 쓰지 않았습니다. 오랜만에 꽃게탕 냄새를 맡으니 마음이 절로 푸근해졌습니다. 민철이 와이프도 그런 제게 식기 전에 어서 먹으라고, 맥주까지 한 잔 따라서 건네주었습니다.

민철이 앞에서 막 꽃게탕을 떠먹으려는 순간, 우리의 '백곰마나님'이 연신 웃으면서 제게 물었습니다.

"그런데, 재석 씨. 어제 우리 민철 씨랑 술 마셨어요?"

아하하하…… 술이라뇨? 저는 어제 열 시까지 트럭 몰고 다니다가 집에 들어와서 씻지도 못한 채 뻗은걸요……. 저는 그렇게 말하고 싶었으나…… 그 짧은 순간, 민철이와 눈이 마주쳤고(민철이는 아주 재빠르게 눈을 깜빡였지요), 그래서 이렇게 대답하고 말았답니다.

"아이고, 말도 말아요. 어제 정말 엄청 마셨어요."

저는 괜스레 쓰리지도 않은 배를 문질러가며 억지웃음까지 지어 보였습니다. 그리고 다시 꽃게탕을 떠먹으려고 했는데…… 민철이 와이프가 또다시 이렇게 물어왔지요.

"그래요? 근데 어디서 마셨는데요?"

아하하하…… 글쎄요, 어디일까요? 저는 다시 한 번 민철이를 바라보았습니다. 민철이는 또다시 '아주 재빠르게' 눈을 깜빡였지만, 아하하하…… 그건 무슨 신호일까요? 포장마차란 신호일까요, 생맥줏집이란 신호일까요? 저는 우물거리다가 이렇게 말해버리고 말았습니다.

"아이고, 제가 어제 필름이 끊겨서…… 집에도 제대로 못 갔다니깐요."

저는 나름 최선을 다해 말한 건데…… 그 말이 끝나기 무섭게 민철이 와이프 입에서 떨어진 소리는 "나가!"라는 말이었습니다. 아, 물론 저 말고 민철이에게요. 민철이 와이프는 저한텐

"재석 씨는 식사 계속하세요"라고 말했지만, 아하하하, 그게 어디 정말 먹으라는 소리인가요.

저는 집 밖으로 쫓겨난 민철이를 뒤따라 빌라 입구 계단에 쭈그려 앉았습니다. 저는 담배를 입에 물고 물어보았습니다.

"너, 어제 어디서 마셨다고 했는데?"

그러자 민철이는 풀 죽은 목소리로 계단 아래만 내려다보며 이렇게 말했습니다.

"네 자취방······."

에이 씨, 그냥 방에 있는 건데······. 저는 담배를 피우면서 계속 비빔면 생각을 했습니다. 얘를 데리고 가서 그거나 끓여 먹자, 하고 말이지요.

좀 쉬면 안 될까요?

 강당은 이미 만원이었다. 추첨 시간까진 아직 삼십 분이나 남아 있었지만 강당 맨 첫 번째 줄부터 마지막 줄까지 빈자리는 남아 있지 않았다. 기수 씨는 아들의 손을 잡고 강당 맨 끝 구석, 접이식 철제의자에 자리를 잡았다. 정복을 입은 경찰관 한 명이 커다란 저금통 모양의 추첨함을 단상 정면으로 옮기는 것이 보였다. 교사로 보이는 젊은 남자가 마이크 테스트를 하기 시작했다.
 기수 씨가 자신이 살고 있는 임대아파트에서 버스로 삼십 분쯤 떨어진 한 사립 초등학교에 아들의 입학원서를 낸 것은 지

지난 주 토요일이었다. 그에겐 하나뿐인 아들이었고, 삼 년 전부터 아내 없이 혼자 키운 아들이었다.

아내 없이 혼자 키웠다고는 하지만 기수 씨는 아들에게 우울한 모습을 보이지 않으려 노력했다. 아파트를 전문으로 짓는 건설회사의 계약직 배관공이었던 그는, 동료들과의 술자리에 끼지 않고 꼬박꼬박 일곱 시까지 집에 도착했다. 그는 늘 아들과 함께 샤워를 했는데, 그때마다 샴푸 거품으로 아이 얼굴에 수염을 만들어주거나 함께 하수구를 향해 소변을 보기도 했다. 그는 아들에게 종종 이런 말을 하기도 했다.

"유치원 때부터 여자를 잘 만나야 하는 거야. 아빠, 사랑에 실패하는 거 봤지?"

그의 아들은 건강하고 모난 데 없이 잘 자라주었다. 음식 투정을 하지도 않았고 다른 아이들처럼 마트에서 장난감을 사달라며 온 우주가 당장 멸망이라도 할 듯 떼를 쓰며 울지도 않았다. 하나 마음에 걸렸던 것은 일곱 살인데 아직 다른 유치원 친구들처럼 한글을 쓱쓱 쓰거나 책을 또박또박 읽지 못한다는 것. 유치원 선생도 알림장에 넌지시 그 사실을 걱정하는 말을 적어놓았다. 기수 씨가 조금 무리가 되더라도 아들을 사립 초등학교에 입학시킬 마음을 먹은 것은 바로 그 때문이었다. 어쨌든 거긴 공부 하나만큼은 똑 부러지게 시킨다고 하니까.

기수 씨는 자신이 사립 초등학교에 대해서 잘 알고 있다고 생각했다. 한 학기 등록금이 이백만 원 조금 넘는 액수라는 것과 원어민 교사로부터 영어 강의를 들을 수 있다는 것, 수영장이 있고 급식은 유기농으로만 제공된다는 것, 그것이 기수 씨가 알아본 모든 것이었다. 하지만 입학원서 접수와 동시에 이루어졌던 교감과의 일대일 면담 후, 그는 더 많은 것이 있다는 것을 알게 되었다. 계산에 넣지 않았던 통학버스비와 특별활동비, 4학년 때부터 방학마다 가는 어학연수 비용과 다른 초등학교에선 입지 않는 교복의 가격 같은 것들. 아들한텐 이미 넌 사립 초등학교에 가게 될 거야, 우리 아파트 단지에선 아마 너만 그 학교에 다니게 될걸, 그렇게 말해놓았는데…… 기수 씨는 자신의 말을 주워 담고 싶은 마음이 들었다. 그의 능력을 벗어나는 비용이기 때문이었다. 하지만 그는 그것을 아들에겐 차마 내색할 수 없었는데, 그러다 보니 어찌어찌 입학 추첨날까지 오게 된 것이었다.

경쟁률은 4 대 1이라고 했다. 아이가 직접 추첨함에서 공을 뽑고, 거기에 적힌 숫자에 따라 바로 합격과 불합격이 좌우되는 형식이었다. 교장의 인사말이 끝난 후 바로 추첨이 시작되었다. 합격 번호를 뽑은 아이를 보면서 소리를 지르는 엄마가 있었는가 하면, 더 많은 아이들은 불합격 번호를 뽑고 풀이 죽은 모습으로 단상 아래로 내려갔다.

기수 씨의 아들은 '74'가 적힌 공을 뽑았다. 불합격 번호였다.

집으로 돌아오는 버스 안에서 기수 씨와 그의 아들은 내내 아무런 말도 하지 않았다. 아들과 기수 씨 모두 시무룩하고 우울한 표정으로 앉아 있었다. 눈이 곧 흩날릴 듯 꾸물꾸물한 날씨였다.

아들이 먼저 기수 씨에게 말을 걸었다.

"아빠, 그럼 저는 이제 아예 초등학교에 못 가는 건가요? 유치원 졸업하면 집에만 있는 거예요?"

기수 씨는 아들의 말을 듣자 마음이 더 무거워졌다.

"아니야. 다른 초등학교 가면 돼."

"거기서도 공을 잘 못 뽑으면 어떡해요?"

기수 씨는 그 말에 아들의 손을 슬쩍 잡아주었다.

"다른 덴 공을 뽑지 않아. 그냥 들어갈 수 있어."

기수 씨의 말을 들은 아들은 잠깐 동안 끔벅끔벅 정면을 바라보았다. 그러곤 조금 놀란 표정으로 되물었다.

"그냥 들어간다고요? 학교를요? 학교 안 가고 집에 있을 순 없는 거고요?"

기수 씨는 가만히 아들의 얼굴을 바라보았다. 그제야 아들의 진짜 마음이 무엇인지 알아버린 기분이었다. 그러자 그의 마음도 조금 홀가분해졌다. 기수 씨는 장난식으로 아들의 목에 헤드록을 걸었다. 그의 아들은 캑캑거리면서도 이렇게 말했다.

"아빠, 나 정말 유치원만 졸업하고 쉬면 안 돼요? 네? 그렇게 해주면 안 돼요?"

봄비

그는 노모를 업은 채 좁다란 논두렁길을 걷고 있었다.

봄비가 내리고 있었고, 우산은 그의 목과 어깨 사이에 아슬 아슬하게 걸쳐져 있었다. 자동차가 주차되어 있는 마을회관 앞 공터까지 가려면 꼼짝없이 그 상태 그대로 논두렁길 끝까지 걸어갈 수밖에 없었다. 그의 구두와 양복바지 밑단은 이미 흠뻑 젖어 거무튀튀하게 변해 있었다.

우산이 자꾸 한쪽으로 기울어지는 바람에 그는 목과 어깨에 바투 힘을 주어야만 했다. 두 손에는 노모의 앙상한 엉치뼈가 고스란히 느껴졌다. 그는 숨을 헉헉 몰아쉬었고, 그럴수록 자꾸 화가 났다. 이번이 벌써 네 번째였다. 요양원에서 걸려온 전화, 사라진 어머니, 아버지 무덤가……. 네 번 다 똑같은 행보였다. 아니, 도대체 환자 관리를 어떻게 하는 겁니까! 그는 요양원 담당 직원에게 그렇게 화를 내기도 했다. 그래도 항상 아버님 무덤으로 가시니까 불행 중 다행이죠. 그렇게 해서 못 찾는 어르신들도 꽤 많아요. 요양원 담당 직원은 능글맞은 목소리로 말했다. 아니, 그게 말이라고……. 그는 그렇게 말했지만, 그렇다고 노모의 요양원을 바꾸진 않았다. 어딜 가나 다 똑같을 거란 생각 때문이었다.

빗줄기는 굵지 않았지만 바람이 제법 불었다. 비는 사선으로 대기를 그어 그의 이마와 눈썹 위에까지 와 닿았다. 노모는 그의 등에 한쪽 뺨을 기댄 채 말없이 업혀 있었다. 노모는 무겁지 않았으나 그래서 더 놓칠 것만 같았다. 노모의 검은색 털신에 초록색 잎사귀들이 여기저기 붙어 있는 것이 눈에 띄었다.

그는 어린 시절부터 봄비를 싫어했다. 학기 초에 내리는 봄비. 그때마다 그는 초록색 비닐우산을 들고 학교에 가야만 했다. 얇은 대나무로 만든 우산살과 바람이 불 때마다 바스락바

스락 종이 구겨지는 소리를 내던 비닐. 그는 그 초록색 비닐우산이 창피했다. 학기 초부터 자신은 가난한 집안의 장남이라는 명함을 여러 사람에게 대놓고 돌리는 듯한 기분이 들었다. 그래서 그는 일부러 비를 맞고 학교에 간 적도 여러 번이었다.

언제였던가? 한번은 이런 일도 있었다. 어머니와 함께 아버지가 다니는 택시회사에 도시락을 가져다주러 간 적이 있었다. 그날도 비가 내리고 있었고, 어머니와 그는 예의 그 초록색 비닐우산을 쓰고 걸어갔다. 한데, 회사 정문에 막 도착했을 무렵, 어머니가 들고 있던 초록색 비닐우산을 내려 그의 몸을, 그의 정면을 가려 주었다. 머리 위가 아닌 그의 얼굴을 가린 것이었다. 하지만 초록색 비닐우산은 초록색 비닐우산일 뿐. 그는 반투명하게 보이는 초록색 비닐우산 너머로 자신의 아버지가 택시회사 사장에게 계속 뺨을 맞고 있는 걸 똑똑히 보고 말았다. 어머니는 굳은 듯 그렇게 오랫동안 비를 그대로 맞으며 그의 정면을 우산으로 막아주었다. 그는 처음엔 어머니가 자신의 시야를 가려준 것이라고 생각했지만, 후에 나이가 들어 생각해보니, 그것은 아들이 아닌 아버지 때문이라는 것을 알게 되었다.

아버지가 맞다가 행여 아들을 볼까 봐, 그러면 정말 아버지가 못 견딜 것만 같아서, 그래서 그렇게 한 거겠지. 그는 그렇게 생각했다.

한 차례 세찬 바람이 지나가더니 훌렁, 우산이 뒤로 넘어갔다. 비는 그 틈을 놓치지 않고 그의 머리와 노모의 등 위로 쏟아져 내렸다. 그는 걸음을 멈춘 채 논바닥 아래로 굴러떨어진 우산을 한동안 내려다보았다.

"영감, 왜 이렇게 비를 맞았소?"

그의 등 뒤에서 노모의 목소리가 작게 들려왔다. 노모는 자신이 입고 있던 누비 점퍼를 벗어 우산처럼 둥글게 그의 머리 위로 펼쳤다. 그는 힐끔 누비 점퍼를 들고 있는 노모의 얇은 손목을 올려다보았다. 그는 무뚝뚝하게 다시 한 걸음 한 걸음 발을 뗐다.

"엄마, 아버지 보고 싶으면 보고 싶다고 말을 해요. 내가 더 자주 올 테니까……."

그는 목이 메었지만 간신히 말을 했다. 세상은 어쩐지 그 옛날 그가 초록색 비닐우산 너머로 보았던 것처럼 흐릿하게 변해

갔다.

아무 말 없이 계속 그의 머리 위를 누비 점퍼로 가려주고 있던 노모가 작은 목소리로 말했다.

"영감, 아무래도 감기 들겠소."

그는 아랫입술을 질끈 깨물었다. 봄비가 내리고 있었다.

어떤 상담

 아침저녁 불어오는 스산한 바람이 어떤 사람들에겐 아, 이제 또 어느새 가을이 왔구나 하는 신호로 읽히겠지만, 글쎄다, 초등학교 교사인 나에겐 아, 이제 또 그놈의 학부모 상담 주간이 돌아오겠구나 하는 압박감으로만 다가온다. 4월 둘째 주와 9월의 셋째 주. 해마다 돌아오는 이 학부모 상담 주간 때문에 나는 심각하게 교직을 떠날까 하는 마음까지 가졌던 게 사실이다.
 그걸 뭘 그렇게 심각하게 여겨? 그냥 대충 듣기 좋은 말 몇 마디 해주고 넘기면 되는 거지. 자긴 너무 예민해서 탈이야. 학부모 상담 스트레스를 선배 여교사에게 털어놓았더니, 금세 그

런 대답이 돌아왔다. 난 그래도 말귀 못 알아듣는 애들보단 학부모들이 훨씬 낫던데, 선생 하는 보람도 있고……. 글쎄 말이다, 나도 그런 게 있었으면 좋겠는데……. 나도 대충 형식적으로 아이가 성격도 좋고 적응도 잘하고 있어요 하는 식의 판에 박힌 말들만 해주면 좋겠는데……. 성격이 '글러먹어서인지' 그게 잘 안 된다. 학생들한테는 안 그러는데, 이상하게도 학부모들이 생색을 내고 자기 자랑을 늘어놓으면, 그 꼴을 견디지 못하고 굳이 하지도 않아도 좋을 '지적질'과 '훈계'를 시작해버리는 것이다…….

지난 학기였던가, 우리 반에서 좀 사는 편에 속하는 정아영 어머니를 만났을 때만 해도 그랬다. 아영이네 아버지가 성형외과 의사라는 사실은 알고 있었는데, 하 참, 이 어머니가 첫 만남부터 큼지막한 과일 바구니를 내밀지 않나, 어머, 선생님 피부 관리 좀 받으셔야겠다 하면서 병원 상품권을 내밀지 않나, 자꾸 선을 넘는 행동을 하는 것이다. 그래, 나도 안다, 그럴 때 요령껏 웃으면서 거절하고 바로 아영이 이야기로 화제를 돌리면 되는 건데……. 그걸 그렇게 정색을 하면서, 이런 걸 저한테

주시면 어떡하죠? 아영이한테도 이런 걸 선생님한테 준다고 말씀하셨나요? 이게 아영이한테 얼마나 비교육적인 행동이라는 건 알고 계시나요, 어머니……. 말은 그렇게 하면서도 나는 계속 어, 이러면 안 되는데 하고 생각했지만, 결국 더 정색을 하면서 아영이 어머니를 대하고 말았다. 아영이 어머니 역시 무안해서 그랬겠지만 처음엔 웃으면서 수습을 하려고 노력하다가, 결국은 나와 같은 표정이 되어 돌아가고 말았다. 후회만 되는 일들, 조금만 더 참으면 되는 일들을(그러곤 몇 날 며칠 끙끙 신경을 쓰고 만다) 꼭 학부모 상담 주간에 하고 마는 것이었다.

그래서 이번엔 마음을 다잡고 형식적으로 매뉴얼대로만 학부모를 대하려고 했는데……. 실제로 그렇게 몇몇 학부모들을 상담했는데……. 아, 이런, 막판에 전혀 예상치도 못한 생각지도 못한 강적이 찾아오고 말았다. 그러니까 우리 반 박영광, 3학년 2반 14번 박영광의 아버지가 상담을 하겠다고 교실 문을 열고 들어올 때부터 무언가 범상치 않은 기운이 느껴졌다. 며칠 감지 않은 사람처럼 지저분하게 헝클어진 머리에 티셔츠도

바지 한쪽으로 삐쭉 튀어나온 차림새 그대로 찾아온 영광이 아버지는, 어쩐지 조금 화난 사람처럼 보였고 위압적으로 보이기까지 했다. 전형적으로 몸을 써서 일을 하는 사람 특유의 무뚝뚝함도 묻어났다. 그러거나 말거나 나는 영광이의 평상시 학교 생활, 학습 태도 등을 이전보다 더 사무적인 목소리로 아버지에게 말해주었는데……. 이분 반응이 영 아니었다. 뭐, 사내 자식이 그럴 수도 있지 않느냐든가, 지 엄마 사랑도 못 받고 자란 자식이 어련하겠느냐든가, 다 지 팔자 따라 가는 거 아니겠느냐는 식의 말만 늘어놓았다. 그런 말들을 듣고 있자니 또 내 '글러먹은' 성격이 폭발해버린 것이었다. 아니죠, 아버님. 그렇게 말씀하시면 안 되는 거죠, 지금 누가 누굴 탓해요, 그럼 뭐 엄마 없는 애들은 다 학교 다니지 말고 집에서 쉬는 게 낫겠네요, 아버님이 지금 뭔가 단단히 착각하고 계시나 본데요, 지금 아버님이 영광이한테 제일 잘못하고 계시는 거 아세요? 아아, 이러지 말자, 이러면 안 된다, 생각하면서도 말을 멈출 수가 없었다. 그러면서 한편 겁도 나고, 걱정도 되는 마음이 없지 않아 더 목소리를 높였는데…… 이런…… 언제부터인가 영광이 아버지 눈에서 눈물이 뚝뚝 떨어지기 시작했다. 어어, 이건 아닌데, 이건 진짜 아닌데 하고 생각할 겨를도 없이…… 영광이 아버지 입에선 이윽고 이런 말들이 흘러나오기 시작했다. 선생님, 그러니까요…… 제가 정말 이런 말은 다른 사람들한테 안 했는데요…… 영광이 엄마가요…… 제가 좀 술을 잘 마셔요…… 근데 그렇다고…….

그날, 나는 진짜 학부모 상담을 해야만 했다. 학부모만을 위한, 학부모 상담. 계절이 또 바뀌고 있었다.

마주 잡은 두 손

그 여자의 경우: 가슴은 떨렸지만, 어쩌나

대학 기숙사에서 생활하는 그녀는 늘 지갑이 얄팍했다네. 등록금은 장학금으로 해결했지만, 그 나머지를 위해 수능이 끝난 직후부터 계속 편의점 아르바이트를 해야만 했다네. 편의점 계산대에서 새벽을 맞을 때마다 그녀는 하루하루 자신의 용돈기입장에 앞으로 벌어야 할 돈과 모자란 돈을 적어나갔다네. 스무 살, 맨드라미 같은 봄날이 그렇게 지나가고 있었다네.

그녀의 유일한 취미는 광화문 대형 서점에 나가 오랫동안 책을 훑어보는 일이었다네. 아르바이트를 쉬는 날이면 하루 종일 대형 서점 구석에 쪼그리고 앉아 소설책과 시집과 희곡 책을 읽어나갔다네. 사고 싶은 책들은 많았지만 그때마다 그녀는 용돈기입장의 숫자들을 떠올렸다네. 4월이 가고 5월이 가도록 그녀는 단 한 권의 책도 사지 못한 채 외롭고 쓸쓸하게 숫자들의 목에 긴 줄을 매달아 터덜터덜 기숙사까지 걸어오곤 했다네.

그러던 6월의 어느 날, 그녀는 신간 코너에서 아무도 찾지 않는 책 한 권을 발견했다네. 제목을 보는 순간부터 괜스레 그녀의 마음은 활랑거렸다네. 이름도 처음 들어보는 작가의 책이었다네. 표지가 눈에 띄는 것도 내용이 새로운 것도 아니었지만, 그녀는 계속 그 책에 마음이 갔다네. 아무도 찾지 않아서 더 그랬는지도 모른다네. 어쩐지 그 책과 자신이 같은 처지인 것만 같았다네.

그러나, 어쩌나. 그녀의 지갑엔 당장 한 끼의 식사를 해결할 돈도 남아 있지 않았다네. 책을 놓고 돌아서서 몇 걸음 떼다 보면 다시 그 책 앞에 가 있고, 서점을 몇 바퀴 돌아도 다시 그 책 앞에 서 있는 자신을 발견했다네. 해서, 그녀는 생애 최초로 책을 훔치기로 마음먹었다네. 가슴은 떨렸지만, 어쩌나. 그 책을 가져야만 마음이 진정될 것만 같았다네. 손끝이 바르르 떨렸지만 그녀는 꾹 참고 조심스럽게 자신의 낡은 가방 속에 책을 넣었다네. 한 발 두 발 서점 출입문을 향해 걸어 나가던 그녀의 마음은 아득해져갔지만, 그럴수록 그녀는 똑바로 정면을 바라보려 노력했다네. 저 문만 나가면, 저 문만 나가면, 그녀는 이를 앙다문 채 그렇게 속엣말을 했다네. 그리고 막 출입문을 나서려던 찰나, 누군가 그녀의 손을 덥석 잡았다네.

그 남자의 경우: 다짜고짜 덥석, 어쩌나

첫 책을 낸 그는 사흘 내내 광화문 대형 서점에 나가 자신의 책 주변을 어슬렁거렸다네. 그는 자신의 눈으로 자신의 첫 독자를 꼭 한 번 만나보고 싶었다네. 삼 년 내내 붙잡고 있던 소설이었다네. 출판사를 찾지 못해 이곳저곳 헤매다가 간신히 그야말로 간신히, 세상에 나온 책이었다네.

그의 소망은 소박했다네. 자신의 첫 독자를 만나 꾸벅 인사를 하고 뒤돌아 도망치는 것. 그는 그저 그 사람의 얼굴이 궁금했을 뿐이라네. 그것이 전부였다네. 그 역시 커다란 인연이니까. 그러나, 어쩌지. 사흘 내내 기다리고 있어도, 그의 책을 훑어보는 사람은 한 명도 나타나지 않았다네. 그의 책 앞에 발걸음을 멈추는 사람도 없었다네. 그는 지쳐갔지만 그의 책이 불쌍하고 안쓰러워 쉬이 그 자리를 떠나지 못했다네.

그렇게 닷새가 지난 오후 무렵, 한 여자가 그의 책을 훑어보기 시작했다네. 그 모습만으로도 그의 가슴은 뛰기 시작했다네. 기다렸던 인연이 찾아온 것만 같았다네. 하지만 어쩐 일인지 그녀는 들고 있던 책을 그 자리에 놓고 긴 한숨만 내쉬었다네. 자리를 떴다가 한참 후에 다시 책 앞에 돌아오기를 반복했다네. 그는 조금 떨어진 곳에서 그녀의 모습을 지켜보았다네. 그녀는 쉬이 결정을 내리지 못하는 것 같았다네. 그럴수록 그의 마음은 더 떨려왔지만 그가 할 수 있는 일은 아무것도 없었다네.

그렇게 얼마나 지났을까? 그는 그녀가 주위를 두리번거리다가 조심스럽게 책을 가방 안에 집어넣는 것을 보았다네. 자신의 첫 책을 훔쳐가는 것을, 그는 보았다네. 하지만 어쩐 일일까? 그는 화가 나지도 노여움이 일지도 않았다네. 마치 자신이 책을 훔친 것처럼 그것을 들킨 사람처럼, 가슴만 뛰었을 뿐이라네.

그녀는 한 발 한 발 출입문 쪽으로 걸어 나갔고, 그 뒤를 서점 직원 한 명이 따라가는 것이 보였다네. 그는 더 이상 그 자리에 가만히 서 있을 수가 없었다네. 그는, 서점 직원보다 더 빨리, 이 사람 저 사람과 어깨를 부딪쳐가며, 그녀를 향해 뛰어갔다네. 머릿속은 계속 아득해져 갔지만, 그는 발걸음을 멈추지 않았다네. 그리고 다짜고짜 그녀의 손을 덥석 잡고, 출입문을 밀치고 뛰어나갔다네. 어쩐지 자신이 원고지가 아닌 삶 속에서 소설을 쓰고 있는 기분이었다네.

그가 낸 첫 책의 제목은 '마주 잡은 두 손'이었다네.

이젠 애쓰지 않아도 돼요

 나한텐 두 살 터울의 고종사촌 형이 하나 있는데 말이야, 이 형이 어렸을 땐 나한텐 참 아픈 존재였거든. 그도 그럴 것이 이 형네 집은, 그러니까 고모부 집은, 우리 사는 작은 도시 한복판에서 커다랗게 약국을 했거든. '다복약국' 집 외아들 하면 우리 도시에서 모르는 사람이 없을 정도였지.
 그에 반해 우리 집은 4남 1녀에 아버지 혼자 동사무소에 다녔으니 살림살이가 빠듯할 수밖에 없었던 거지. 아, 지금도 생각나는데, 이 형네 집에 놀러 가면 얼마나 진기한 것들이 많던지, 내가 난생처음 소니 워크맨으로 음악을 들은 것도 이 형네

집이었어. 가만있었으면 몰랐는데, 이 형네 집에만 다녀오면 왜 그렇게 우리 집이 가난해 보이던지, 뭐 그런 게 상처가 된 거지.

시간이 흐르고 내가 고등학교 1학년 때던가, 아마 그때부터 이 형이 본격적으로 가수를 하겠다고 서울을 뻔질나게 드나들기 시작했을 거야. 형은 공부 같은 건 놓아버린 지 오래고, 매주 서울에 올라가 작곡가한테 노래 수업을 받는다고, 그 한 달 수업료가 아버지 월급만큼 된다고, 그렇게 어머니가 이야기하는 것을 듣기도 했지. 실제로 고모 집에 놀러 갔다가 몇 번 형이 기타를 튕기며 노래 부르는 것을 들었는데, 나는 꽤 잘한다고 생각했지만 우리 집 첫째 형 이야기는 약간 달랐어. 동네에서 좀 한다고 다 가수가 된다냐? 서울엔 그런 애들 쎄고 쎘다. 첫째 형의 말을 듣고 보니, 과연 또 그런 것도 같더라고. 그냥 평범한 실력인데 우리 사는 도시가 워낙 작으니까 튀어 보이는 거라고, 뭐 그렇게 생각하고 말았지.

이후 이 형이 살아온 이력을 생각해보면, 그냥 그때 우리 집 식구들이라도 적극적으로 고모, 고모부를 말렸어야 하는 것은 아니었을까, 뭐 그런 마음이 저절로 들 정도로 엉망진창이 되

어버렸지. 군대에 다녀와서 첫 음반을 내긴 했는데, 그게 좀 잘 안됐어. 세상엔 가수도 많고 신곡도 일 년에 수백 곡씩 쏟아져 나오니까, 뭐 그 수백 곡 중 몇 곡으로 묻혀버린 거지. 그쯤에서 포기했으면 좋으련만 미련을 못 버리고 그 이후 이십 년 넘게 무명 가수 생활을 한 거야. 그 와중에 교통사고도 한 번 당하고, 사기도 몇 번 당하고, 결혼했다가 딸만 하나 얻은 채 이혼당하고, 그러면서 그 많던 고모 고모부 재산 야금야금 다 까먹고…… 뭐, 그런 수순을 밟은 거지.

칠 년 전이던가, 고모부 돌아가셨을 때 오랜만에 얼굴을 본 적이 있었는데, 지방 소도시 나이트클럽 같은 곳에 다니면서 여전히 노래하고 있다고, 그런 얘기를 하더라고. 안쓰러운 마음이 들긴 했지만, 뭐 어쩌겠어. 고종사촌 형인데. 이젠 천천히 남이 되어가는 사이, 그 이상도 이하도 아니었지.

내가 다시 형의 소식을 들은 것은 두 달 전의 일이었어. 둘째 형과 전화를 하다가 툭 그 말이 나온 거야. 걔가 폐암에 걸려서 오늘내일한다더라. 이제 겨우 사십대 중반인데……. 그러니까 너도 건강 조심해. 뭐, 그런 이야기가 오간 거야. 그 말을 듣고 마음이 불편해 한번 병원에 찾아갈까 생각했지만 결국은 가지 못했어. 일도 바쁘고, 또 병원도 멀었으니까. 몇 번 형네 집에서 함께 들었던 소니 워크맨 생각만 떠올랐을 뿐이지…….

엊그제가 바로 그 형의 장례식이었어. 그러니까 그 장례식 전전날, 내가 병원에서 본 풍경 하나에 대해서 말해주려고 이 이야기를 꺼낸 거야. 왜 거, 염이라고 하지. 죽은 사람 깨끗하게 해주고 수의 입히는 절차 말이야. 그 형 염하기 전에, 가족들하고 작별 인사할 때 나도 따라 들어갔거든. 다들 죽은 형의 손을 한 번씩 잡아보고 좋은 곳으로 가세요, 인사하는데, 그 형 딸아이 말이야, 고등학교 교복을 입은 내 오촌 조카가, 제 아빠 얼굴을 쓱 한번 문지르더니 귀에서 뭔가를 쑥 빼내는 거야. 그러면서 "아빠, 이젠 애쓰지 않아도 돼요"라고 말하더라고. 그게 뭔지 알겠어? 나도 처음엔 몰랐는데…… 그래, 그게 바로 보청기였어. 알고 보니 이 형이 교통사고 당했을 때, 그만 청력도 많이 손상되었다나 봐. 그런데도 그 귀로, 그 청력으로, 이십 년 넘게 가수 생활을 한 거였지……. 그걸 이 세상에서 오직 딸만 알고 있었던 거고. 나? 나는 형한테 아무 말도 하지 못하고 나왔어. 그저, 그 형이 고장 난 귀로 살아온 이십 년을 생각했을 뿐이지. 그러니까 아무 말도 못하겠더라고.

사로잡힌 남자

"그러니까 일종의 강박증 같은 거라니까."

202호 남자가 말하자 총무실에 모여 앉은 사람들은 말없이 고개만 끄덕였다. 물론 그중엔 나도 포함되어 있었다.

나는 이곳, 경기도 시흥에 위치한 '명성 고시텔'에서 삼 년째 총무일을 맡고 있다. 4층짜리 건물을 통째로 고시텔로 운영하고 있는 이곳은, 뜨내기 거주자도 많지만, 지금 이곳 총무실에 모인 사람들처럼 6개월, 길게는 이 년째 머물고 있는 장기 거주자들도 제법 있다. 그런 사람들이 늘다 보니 몇 번 술자리도 갖게 되고, 허물없이 비누나 샴푸 등도 나눠 쓰게 되고, 또 지금처럼 반상회 아닌 반상회도 종종 열리게 되었다. 고시텔에 기숙하며 오만 가지 허드렛일을 도맡아 하는 내 입장에선 딱히 반갑지도, 그렇다고 외면할 수도 없는 회의였다.

오늘의 안건은 일주일 전 고시텔에 새로 입주한 310호 남자에 대한 문제였다.

"어제도 마찬가지더라고요. 새벽 한 시부터 시작해서 새벽 네 시까지 계속 그러고 있더라고요."

사십대 중반의 키가 작은 310호 남자는, 입주한 다음 날부터 고시텔 공동 식당이 있는 4층에서 무언가 계속 꺼내고 닦고, 또 꺼내고 닦고 하면서 밤을 꼬박 지새우곤 했다. 달그락달그락. 그러자니 공동 식당 바로 옆에 있는 401호, 402호에서 민원이 들어온 건 당연한 일.

"그게 보니까 계속 자기 숟가락 젓가락을 닦고, 싱크대 물기를 닦고, 전기밥솥 전원을 켰다 껐다 하고, 그러다가 식당을 나가는가 싶더니 다시 돌아와서 같은 일을 반복하고 그러더라고요."

고시텔 공동 식당엔 전기밥솥이 있고, 그곳엔 내가 매일 떨어지지 않게 밥을 준비해둔다. 밥은 공짜, 반찬은 각자 준비하는 것. 그것이 우리 고시텔의 시스템이었다.

"거, 우리가 한번 만나보는 게 어떨까? 강박증이든 뭐든, 사연을 알아야 도울 수도 있지."

고시텔에서 제일 나이가 많은 207호 남자가 말했다. 회의는 그것으로 끝이 났다.

변변한 직업도, 가족도 없으면 쓸데없이 오지랖만 넓어질 가능성이 높아진다. 물론 고시텔 사람들 전부가 그렇다는 이야기는 아니지만, 이렇게 새벽 두 시 무렵 공동 식당으로 하나둘 모여드는 사람들의 모습을 보고 있자니, 또 그런 생각이 절로 드는 것은 어쩔 수 없었다.

그런 사람들 곁에서 310호 남자는 계속 숟가락을 닦고, 컵을 닦고, 다시 전기밥솥 코드를 확인하면서 공동 식당 이곳저곳을 부지런히 돌아다니고 있었다.

"거, 우리가 좀 도와드릴까요?"

207호 남자가 굵은 목소리로 묻자, 310호 남자는 "아, 아니에요. 저, 저 혼자서 하, 할 수 있어요" 하면서 더듬더듬 대답했다. 그러면서도 그는 계속 숟가락에 거품 세정제를 묻히고 있었다.

"그러지 말고 이렇게 우리 함께 살게 된 것도 인연인데 한잔 할까요?"

알코올중독 증세가 살짝 있는 203호 남자가 말을 꺼냈다. 고시텔 공동 식당에선 금주가 원칙이었지만, 원칙이란 원래 가진 자들이나 지킬 것 많은 사람들이나 내세우는 것. 사람들은 그 말이 끝나기 무섭게 우르르 각자의 방에서 소주를 가져오기 시작했다.

그 술자리에서 어떤 이야기들이 오갔는지 명확히 기억나는 것은 없다. 쭈뼛쭈뼛 사람들 틈에 앉은 310호 남자가 소주를 몇 잔 받아 마시더니(그는 자신의 소주잔을 여러 번 물에 헹구었다), 웅얼거리는 목소리로 치킨집…… 화재…… 튀김용 기름…… 운운했던 기억이 아슴푸레 남아 있다. 몇몇 사람들이 '저런, 쯧쯧' 혀 차는 소리를 낸 것도 기억난다. 하지만 그 이후론 아무것도 떠오르는 게 없다. 술이 약한 나는 소주 몇 잔에 그대로 '정신줄'을 놓고 말았으니까.

하지만 한 가지 분명한 것은, 다음 날 아침 공동 식당을 치우러 4층에 올라갔을 때, 그때 그곳에서 내가 본 풍경이었다.

전날 술자리 모습 그대로 난장판이 되었거니 생각하고 올라갔는데, 이게 웬걸, 공동 식당 식탁과 싱크대는 물기 하나 없이 반질반질하기만 했다. 그리고 그 식당 이곳저곳을 돌아다니며 끊임없이 웅얼거리는 310호 남자의 뒷모습이 보였다.

"기름이 튄 게 아니라 전기합선이라고요. 내가 기름을 어쩐 게 아니라 전기합선이 맞을 거라고요……."

310호 남자의 목소리를 들으며 나는 그 자리에 나무처럼 가만히 서 있기만 했다.

소용없다는 말

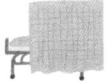

그가 일곱 살 된 아들을 둘러업고 서울 시내 한 대학병원 응급실에 도착한 것은 밤 열한 시 무렵이었다.

미열이 있었지만 저녁 식사도 평상시처럼 하고 스스로 양치질도 하기에 가벼운 감기려니 생각했는데 잠자리에 들 무렵 상황이 돌변했다. 가슴이 아프다고 하더니 이내 구토를 하고 입술이 퍼렇게 변하기 시작했다. 그러곤 축축, 마치 바람 빠진 풍선처럼 온몸이 아래로 아래로 처지기 시작했다. 아이가 다섯 살 되던 해, 아내와 이혼을 한 그로선 처음 겪는 일이었다. 중이염이나 후두염 때문에 몇 번 아이를 데리고 병원을 간 적은 있었지만, 모두 외래진료가 가능한 시간에 있었던 일들이었다. 그는 해열제를 찾다가 대충 점퍼를 챙겨 입고 아이를 업었다. 아이의 몸에선 마치 물파스를 바른 직후처럼 후끈한 열기가 느껴졌다.

택시를 타고 응급실에 도착한 그는, 그러나 한참 동안 아이의 증상에 대한 이렇다 할 의료진의 설명을 듣지 못했다. 간호사 한 명만이 그의 아들에게 침대를 배정해주고 체온을 재고 짧게 증상을 물어왔을 뿐이었다.

"조금 기다리면 선생님이 오실 거예요."

간호사는 그렇게 말하곤 다시 다른 침대로 달려갔다.

그는 누워 있는 아이의 손을 잡은 채 마음을 진정시키려 노력했다. 그만큼 응급실엔 환자들이 많았다. 커튼을 친 침대와 그렇지 않은 침대가 있었는데, 둘 다 공평하게 신음 소리가 들려왔다. 교통사고를 당한 듯한 환자와 산소 호흡기를 달고 있는 환자, 이마에 피 묻은 붕대를 감고 있는 환자. 환자들은 제각각 다른 고통 때문에 괴로워하고 있었지만 의사들의 표정은 모두 똑같았다. 젊은 의사들은 119 구급차가 사이렌 소리를 내며 도착하면 우르르, 기계처럼, 반사적으로, 그쪽으로 뛰어가곤 했다.

한 시간 남짓 지나서야 아까 그 간호사가 링거를 들고 아이의 침대 곁으로 다가왔다.

"저기 선생님은?"

그가 묻자 간호사는 조금 지친 듯한 목소리로 대답했다.

"곧 오실 거예요. 오늘 따라 응급환자가 워낙 많아서요."

그는 조금 화가 나기 시작했다. 그는 다시 목소리를 낮춰 간호사에게 말했다.

"우리 애도 상태가 많이 안 좋아요."

간호사는 아이의 팔에 링거 주사를 놓으며 대답했다.

"우선 열을 내리는 게 중요하니까요. 의사 선생님이 오셔도 그것부터 먼저 할 거예요."

그는 무언가 더 말하려고 했으나, 간호사는 그럴 틈을 주지 않았다. 그녀는 다시 안내 데스크 쪽으로 바쁘게 뛰어갔다.

"응급실은 처음이신가 봐요?"

그가 간호사가 있는 쪽으로 걸어가려 할 때, 바로 옆 침대 보조의자에 앉아 있던 여자가 물었다. 삼십대 후반쯤 되어 보이는 여자였는데, 추리닝에 운동화 차림이었다. 여자가 지키고 앉아 있는 침대엔 초등학교 1학년쯤 되어 보이는 여자아이가 두 눈을 끔뻑거리며 누워 있었다.

"소용없어요. 여기선 다섯 시간 기다리는 게 기본이에요."

그는 여자의 말에 맥이 좀 풀리는 기분이 들었다. 다섯 시간이라니…… 그동안 아이가 어떻게 되기라도 한다면……. 추리닝을 입은 여자가 그의 아들 침대 근처로 다가왔다.

"이 수액 다 맞고, 그래도 열이 안 떨어지면 뇌수막염 검사를 할 거예요. 그때부턴 좀 빨라지니까 너무 걱정 말고요."

여자는 그의 아들의 머리카락을 몇 번 뒤로 쓸어 넘겨주면서 말했다.

"의사이신가요?"

그가 조심스럽게 물었다.

"아니요."

여자는 콧잔등을 살짝 구기며 말했다.

"아이가 자주 아프면 저절로 알게 되는 게 많아요."

여자의 그 말은 그의 마음을 아프게 했지만 또 한편 편안하게 해준 것도 사실이었다. 그는 아이 침대 옆 보조의자에 앉았다. 그러곤 가만히 아이의 얼굴을 바라보며 주위 침대에서 들려오는 신음 소리에 귀를 기울였다.

"엄마……."

그의 귀에 옆 침대 여자아이의 목소리가 들려왔다. 그는 여자아이 침대를 등진 채 앉아 있었다.

"왜?"

여자아이의 엄마가 대답했다.

"앞으론 소용없다는 말은 하지 마."

여자아이의 말은 무표정했고, 또 침착했다.

"왜? 그게 사실이잖아. 다섯 시간 기다리고 그러는 거……."

여자아이의 엄마가 말했다.

"그래도 하지 마. 아저씨는 몰라도…… 아이가 다 듣잖아. 그러면 더 아파. 더 힘 빠진다고…… 애들도 다 안다고……."

그는 하마터면 고개를 돌려 여자아이를 바라볼 뻔했다. 하지만 그는 간신히 그 마음을 참아낼 수 있었다. 대신 그는 자신의 아이 손을 기도하듯 꼭 잡고 뒤에 누워 있는 여자아이의 건

강을 여자아이 엄마의 마음을 위해, 기도했다. 그의 귓가엔 계속, 여기저기서 신음 소리가 들려왔다.

최후의 흡연자

 돈이 많냐고요? 하긴 그런 질문도 수없이 받아왔습니다. 이제 담배라는 게 지속적으로 피우긴 좀 어렵지 않습니까? 지금 담배 한 갑이 얼마인가요? 그렇죠, 한 갑에 이십오만 원이 맞죠? 제조공장도 대부분 문 닫고, 그냥 상징적으로 한 제품만 나오고…… 그것도 구하기 어려우니까……. 그러네요, 어쩌면 제가 매일매일 꾸준히 한 갑씩 피우는 최후의 흡연자가 된 게 맞는지도 모르겠네요. 이게 영광인지 상처인지 알 수 없어도…….

 저요? 저는 사정이 좀 복잡한데…… 이게 지금으로부터 이십 년 전, 그러니까 2014년까지 거슬러 올라가야 하는 이야기인데, 네, 맞습니다. 그렇게 오래된 일이죠. 그해 겨울의 일이었어요. 제가 또렷이 기억하고 있지요. 그해 크리스마스 다음다음 날 저희 아버님이 돌아가셨으니까, 잘 기억하고 있을 수밖에요…… 아버님요? 저희 아버님은 그날 새벽 편의점에 다녀오시다가 빙판길에 넘어지는 바람에…… 뇌중풍에 저체온증으로…… 아침 여섯 시쯤인가, 첫차를 타러 나왔던 여고생에게 발견되었지요. 발견 당시엔 이미 사망한 상태였고요.

장사 지내고, 이것저것 정리하느라 한 달 정도 정신없이 보냈던 거 같습니다. 어머니 없이 아버지와 단둘이 작은 단독주택에서 살던 처지라 아버지의 빈자리가 더 크게 느껴지던 겨울이었죠. 혼자 눈을 쓸다가 울컥하기도 하고, 오래된 기름보일러를 손보다가 손바닥에 생채기가 나기도 했으니까요. 그게 다 아버지가 혼자 하던 일이었거든요.

한데 문제는 그다음부터 일어났어요. 은행에서 '채무 승계' 어쩌고 하는 서류가 날아와서 알아보니, 아버지가 집을 담보로 2,500만 원 넘게 융자를 받았더라고요. 그건 제가 정말 모르는 돈이었죠. 아버지가 받는 작은 연금하고, 제가 일주일에 두 번씩 결혼식장에서 하는 아르바이트로 그럭저럭 살아갔는데, 그렇게 큰돈이 아버지에게 왜 필요했는지 저는 정말 알 수 없었지요. 당장 그 돈을 갚을 여력도 없었고…….

네, 맞아요. 몰랐는데, 아버지가 그해 가을부터 담배를 한 보루 두 보루 사재기를 한 거예요. 그다음 해에 담뱃값이 이천 원 오른다니까, 이걸 미리 사두면 돈이 되겠다…… 아들 대학원 등록금을 마련할 수 있겠다 생각해서…… 융자를 받아서 석 달 동안 무려 천 보루를…… 그걸 우리 집 지하창고에 아무도 모르게 차곡차곡 쌓아둔 거였죠.

사실 저는 좀 기가 막혔지만, 어쩌겠어요? 이미 벌어진 일이고, 아버지는 은행 융자만 남겼으니 제가 해결할 수밖에요. 저는 처음에 그걸 다 팔아버릴 생각이었어요. 그래도 아버지가 고생해서 사 모은 건데, 500원 정도만 더 붙여서 팔자, 지금 팔면 사재기 단속이다 뭐다 살벌하니까, 잠잠해지면 팔자, 그렇게 생각한 거죠.

한데, 기자 양반. 그거 알아요? 담배 밑면에 제조 연월일 다

적혀 있는 거? '41021' 이런 숫자가 담뱃갑마다 다 적혀 있어요. 그건 그러니까 '2014년 10월 21일'에 만든 담배라는 뜻이죠. 이게 제 발목을 잡았어요. 아버지 돌아가시고 한 반년 뒤부터 인터넷을 통해 담배를 팔기 시작했는데, 이게 대부분 선수들인지라 담배 밑면을 보고 아예 사지 않는 거예요. 담배도 한 3개월 지나면 맛이 변한다고 하면서…… 이걸 빨리 팔아서 은행 융자를 해결하고 대학원 등록금도 내야 하는데, 어쩌다가 사려고 나선 작자도 1,500원에 주면 사겠다고 퉁치고…… 그래서 속이 타서 그때부터 제가 담배를 한 대 두 대 피우기 시작했죠. 그전에는 담배 한 대 입에 물어보지 않던 제가…….

그렇게 이십 년이 지났어요. 이십 년이 지났는데도 아직까지 저에겐 이천 갑도 넘는 담배가 남아 있지요. 담배 맛요? 뭐, 저는 이제 익숙해져서 아무렇지도 않습니다. 좀 누렇게 변했지만 그럭저럭 피울 맛이 납니다, 허허.

그 세월 동안 때때로 이런 생각도 했습니다. 아버지가 내게 이십 년이란 세월을 선물했구나…… 저는 지금도 담배를 피울 때마다 아버지 생각을 하거든요. 생각이 나지 않을 수가 없지요. 아버지가 사준 담배니까요. 담배라는 게 원래 없던 생각까지도 만들어주는 생각 기계 아닙니까? 하루에 적어도 스무 번은 아버지 생각을 했지요. 그러면서 또 이런 생각도 하게 되었습니다. 이제 아무도 담배를 피우지 않으면, 또 아무도 누군가를 그리워하지 않겠구나. 모두 건강만을 생각하면서 살아가겠구나 하는 생각 말입니다.

저는 그냥 이렇게 계속 담배를 피우면서 하루 스무 번씩 누군가를 헛되게 그리워하면서 살아갈 작정입니다. 그게 아마 인류 최후의 흡연자가 해야 할 몫이겠지요.

이게 누구야

인구 10만이 안 되는 K시 지역 농협에서 근무하는 영호 씨는 좀처럼 분이 풀리지 않았다. 그는 아내가 만류하는데도 불구하고 재킷을 걸쳐 입고 식탁 위에 올려두었던 자동차 키를 집어 들었다.

"네가 앞장서!"

영호 씨는 거실 소파에 죄인처럼 앉아 있던 아들에게 말했다. 이제 고등학교 1학년인 그의 아들은 고개를 잔뜩 수그린 채 말이 없었다. 그런 아들의 모습을 보니 영호 씨는 더 부아가 치밀었다. 아들을 위해서라도 그냥 넘어가선 안 될 일이라고 생각했다.

주말 오후 친구와 인근 광역시로 영화를 보러 간다며 외출했던 아들은, 그러나 채 한 시간도 지나지 않아 다시 집으로 돌아왔다. 아들의 한쪽 눈은 시퍼렇게 멍이 들어 있었고 오른쪽 뺨엔 생채기가 나 있었다. 입고 나갔던 셔츠의 단추도 두세 개 떨어져나가고 없었다. 아내는 그런 아들의 모습을 보자마자 한 손으로 입을 가린 채 짧게 비명부터 질렀다. 아들은 자기 방 앞에 가만히 서 있다가 이내 서럽게 울음을 터뜨렸다.

자초지종을 들어보니 한숨이 절로 나왔다. 아들은 친구와 만나 광역시행 버스를 타러 가던 중 거리에서 학교 선배 네 명을 우연히 마주쳤다는 것이다. 학교에서도 좀 '논다고' 소문난 그 선배들은, 아들과 친구에게 대뜸 돈을 좀 꿔달라고 부탁했다. 아들은 무섭기는 했지만 영화를 보고 싶은 마음에 지금은 가진 돈이 없다고 거짓말을 둘러댔다.

"그래? 그럼 뭐 어쩔 수 없지. 그럼 대신 내 부탁 하나만 들어줄래?"

선배들은 아들과 아들 친구에게 자기들 대신 저쪽 골목길

끝에 사는 여자아이한테 쪽지를 전해 달라고 부탁했다. 자기가 좋아하는 여자아이인데 도무지 만나주질 않는다는 것이었다. 아들은 뭐 그 정도쯤이야 하면서 골목길로 접어들었다. 하지만 그 순간 뒤따라온 선배들이 돌변했다고 한다. 사람들이 오가는 거리에서 차마 아들의 멱살을 잡지 못했던 선배들은 인적 뜸한 골목길에 이르자 비로소 본색을 드러낸 것이었다.

"어쩌려고요?"

소파에 앉아 있던 아들의 손을 잡아끌고 현관문을 나서는 영호 씨를 아내가 잡았다.

"어쩌긴? 내 이놈의 자식들, 콩밥을 먹이고 말 거야!"

경찰서에 도착해 평소 알고 지내던 최 형사에게 사건의 전말을 이야기한 지 두 시간 만에 사거리 PC방에 있던 아들의 선배 네 명이 줄줄이 경찰서 안으로 끌려 들어왔다. 아들은 그들을 보자마자 바들바들 다리를 떨었다. 영호 씨는 그런 아들의 허벅지를 꽉 잡아주었다. 선배 아이들이 끌려 들어온 지 한 시간쯤 지난 뒤엔, 그 아이들의 부모들이 하나 둘 경찰서 안으로 들어오기 시작했다.

"어, 이게 누구야? 김 과장 아니야? 야, 이거 김 과장을 여기서 다 보네."

선배 아이의 아버지 한 명이 영호 씨를 보고 아는 체를 했다. 영호 씨도 잘 아는 시내 '홍묘종업사' 박 사장이었다. 영호 씨는 자리에서 일어나 박 사장과 악수를 했다.

"아니, 박 사장님은 지난번 모임엔 왜 안 나오셨어요? 우리 조합장님이 얼마나 걱정 많으셨는데."

"그날 우리 어머니가 갑자기 체기가 있어가지고…… 말도 마, 내가 얼마나 고생을 했다고. 근데 쟤가 김 과장 아들이었어?"

"아, 네…… 아, 그럼 쟤가 박 사장님 아들이었어요?"

영호 씨와 박 사장은 최 형사 앞에 나란히 앉으면서 말했다. 박 사장은 최 형사에게도 "지난번 보일러 고친 거 잘 돌아가지?"라고 물었다. 다른 선배 아이들 아버지도 박 사장과 영호 씨에게 인사를 건넸다. 한 명은 영호 씨와 몇 번 마주친 적 있었던 동사무소 계장이었고, 다른 한 명은 시내 추어탕집 사장이었다. 또 다른 한 명은 안면이 전혀 없었지만 박 사장과는 잘 아는 사이처럼 보였다. 영호 씨와 그들은 최 형사 앞에 앉아 다가올 농협 조합장 선거에 대해서 오랫동안 이야기했다.

가만히 그들의 이야기를 듣고 있던 최 형사가 물었다.

"근데, 애들 건은 어떻게 처리할까요?"

그때까지 계속 서로 말을 주고받던 영호 씨와 다른 아버지들은 잠깐 침묵을 지켰다. 그러다가 영호 씨가 먼저 툭 말을 꺼냈다.

"애들끼리 싸운 걸 갖고 뭘요. 지역사회에서 그런 일로 얼굴 붉히면 되나요?"

영호 씨가 그렇게 말하자, 박 사장이 "그럼, 애들 땐 원래 다 그렇게 크는 법인데, 뭘. 우리 땐 안 그랬나?" 하면서 호탕하게 웃었다. 영호 씨도, 다른 아버지들도 따라 웃었다.

영호 씨의 아들은 그런 자신의 아버지를 멀뚱멀뚱 서서히 판다 눈으로 변해가는 눈두덩을 어루만지면서 바라보다가 다시 조용히 고개를 숙였다.

데이비드 로지의 연말 일기

12월 6일 토요일

한국에 온 지 이제 일주일이 지났다. 일산이라는 곳에 거처도 구했고, 중학생을 대상으로 하는 학원에 원어민 영어 강사로 취직도 하게 되었다. 나보다 반년 먼저 이 땅에 자리 잡은 토니가 있어서 가능한 일이었다. 토니와 나는 아일랜드 골웨이에서 같은 칼리지를 졸업했다. 그가 내게 이메일을 보내지 않았다면(토니는 이 년 전부터 세계 일주 여행 중이었다. 그는 여행 경비를 벌기 위해서 반년째 한국에 머물고 있는 중이었다), 나는 아마도 평생 그곳에서 오래된 냉장고나 오디오를 고치면서 살아갔을 것이다. 노인들의 시시껄렁한 농담이나 들으면서, 주말이면 펍(pub)에 죽치고 앉아 맥주나 홀짝이면서, 그렇게 늙어갔을 것이다.

토니는 한국이라는 나라가 자신이 가본 국가 중 가장 환상적인 곳이라고 말했다. 이곳은 아무도 잠들지 않으며, 또 밤이 전부인 나라라고도 적었다. 과연 그의 말처럼 이곳은 밤이 낮보다 훨씬 더 밝은 세상이었다. 늦은 밤, 오피스텔 커튼 사이로 파고드는 네온사인과 사람들의 말소리. 내가 살던 골웨이는 밤 열 시만 넘어도 음료수 하나 살 곳이 없었다. 하지만 이곳은 새벽 한 시에도 치킨이 배달되는 나라였다. 치킨에 피자까지 덤으로, 그것도 전화한 지 삼십 분 만에! 정말이지 환상적이지 않을 수가 없다!

12월 10일 수요일

오늘은 학원 영어과에서 처음으로 회식을 했다. 나와 같은 원어민 강사인 에바와 찰리, 그리고 영어과 부장인 김 선생과 다른 네 명의 한국 선생들이 함께했다. 그들은 모두 친절했으며 유쾌했다. 처음 삼겹살집이라는 곳에 가봤는데, 쌈장을 빼면 음식도 모두 훌륭했다. 한데, 오늘은 좀 과음을 했다. 맥주를 마실 때까진 좋았는데, 그 뒤부턴 좀 괴상한 술을 마시기 시작했다. 맥주잔 안에 다른 작은 잔을 넣고 함께 마시는 것이었다. 뉴저지에서 왔다는 찰리는 그것을 '제조'라고 가르쳐주었다. 다 마시고 난 뒤 '딸랑딸랑' 꼭 잔 부딪치는 소리를 내야 한다는 말도 덧붙였다. 그렇게 네 번 '딸랑딸랑' 했더니 정신이 아득해졌다. 하지만 그게 시작이었다. 삼겹살집에서 끝나는 줄 알았더니, 그다음엔 호프집이었고, 또 그다음엔 노래방이 기다리고 있었다. 호프집에서도 노래방에서도 사람들은 계속 무슨 원한 맺힌 사람들처럼 술을 마셔댔다. 나는 지금까지 우리 골웨이 사람들이 세상에서 제일 술을 많이 마시는 인간들이라고 생각했지만, 오늘 보니 아니었다. 이곳 사람들에 비해 골웨이 어른들은 그저 한 떨기 채송화와도 같은 사람들이었다. '딸랑딸랑' 아직도 머릿속에서 종소리가 울리는 것만 같다.

12월 16일 화요일

오늘도 또 술을 마셨다. 오늘은 중등 과정 선생들의 전체 송년회 자리였다. 오늘 역시 사람들은 내일 곧 혜성과 지구가 충돌하기라도 하듯 급하게, 또 쉴 새 없이 술을 마셔댔다. 찰리는 무념무상 계속 호프집 천장만 바라보았다. 나는 2차로 간 호프집 화장실에서 기어이 토를 하고 말았다. 한 선생이 내 등을 두들겨주면서 웃음 띤 얼굴로 계속 무슨 말을 했다. 찰리에게 그게 무슨 뜻이냐고 물어보니 이런 대답이 돌아왔다. '토하고 나서 본격적으로 한번 마셔보자.' 아, 정말 대단한 사람들이다. 이 사람들은 정말 화가 나서 술을 마시는 사람들이 맞는 거 같다.

12월 19일 금요일

젠장, 또 송년회다. 이번엔 학원 전체 송년회란다. 이 나라 사람들은 가족들도 없는 인간들이 맞는 거 같다. 매일 술을 마시면서 송년회라고 또 마신다. 오늘은 양주에 와인, 맥주와 소주를 섞어 마셨다. 비빔밥이 유명한 나라라더니, 과연 뭐든지 비비고 섞는 거 하나는 끝내주는 거 같다. 새벽 두 시에 3차가 끝났는데, 원장과 부장 선생들은 4차를 갔다. 그들은 살아 있는 좀비 같았다.

12월 22일 월요일

또 마셨다. 이젠 놀랍지도 않다. 오늘은 학원을 옮기는 최 선생의 환송 술자리였다. 아니, 사람이 떠나는데 왜 술을 3차까지 마셔야 한단 말인가. 그래서 왜 누가 누굴 떠나는지 알 수도 없는 지경까지 이르고 만단 말인가. 정말이지 알 수 없는 나라다.

12월 23일 화요일

결국은 속병이 나고 말았다. 전날 마신 술 때문에 계속 힘들어했더니, 찰리가 해장술을 마시러 가자고 했다. 아니, 이 인간은 정말 뉴저지 태생이 맞단 말인가. 술로 술을 푼다는 게, 세상 어느 나라가 그런단 말인가. 내가 인상을 찌푸리자 찰리가 말했다. 그게 다 여기서 배운 거라고, 12월은 아직 일주일도 더 남았다고, 벌써 약해지면 어쩌냐고…… 나는 갑자기 아일랜드 골웨이가 그리워졌다. 펍에서 마시던 맥주가 그리워졌다. 딸랑딸랑 소리도 안 나고 무언가 섞지도 않은, 순수하고 조용한 그 맥주 맛이…….

입동 전후

고향에 계신 아버지가 생애 네 번째 오토바이 사고를 냈다는 소식을 들었을 때, 그는 '아, 또 가을이 가고 겨울이 오는구나, 계절은 참 정직하기도 하지' 대충 그런 생각을 하고 말았다. 그도 그럴 것이 그의 아버지가 오토바이 사고를 내는 것은 항상 이맘때쯤, 배추 농사 무 농사가 얼추 마무리되는 입동 전후였다. 할 짓 없으니까 창자에 바람만 잔뜩 드는 거야. 세 번째 오토바이 사고가 났을 때였던가, 이제 곧 칠순을 바라보는 그의 어머니가 끌탕을 치면서 그렇게 말했다. 그때 그의 아버지는 읍내 '노을다방' 미스 심을 오토바이 뒤에 태우고 국도변을 달리다가 논두렁으로 그대로 추락, 왼쪽 발목 골절상을 당하고 말았다. 커피 배달을 돕겠다고 자청해서 호기롭게 나선 길이었는데, 덕분에 그는 보험회사 위로금 말고도 오십만 원 정도 더 편지봉투에 넣어 미스 심에게 건네야만 했다. 그날 사고 덕분에 미스 심은 안고 있던 커피 잔 보자기에 얼굴을 부딪쳐 코뼈가 나가고 말았다.

이번엔 읍내 단란주점에서 맥주를 마시고, 야간 음주 오토바이 운전을 감행, 그대로 전봇대에 부딪힌 경우라고 했다.

"거, 그러니까 큰아버지께서 그 밤에…… 선글라스를 쓴 채 오토바이를 모시다가……."

고향 근처 병원 병실 사정이 여의치 않아 서울 병원으로 모시고 올라온 그의 사촌동생이 말끝을 흐리며 말했다. 선글라스뿐이겠냐, 가죽점퍼도 입으셨겠지. 그는, 환자복을 입고 한쪽 팔에 깁스를 한 아버지를 보면서, 환자복 위에 걸쳐진 가죽점퍼를 보면서, 그렇게 속엣말을 했다. 그의 아버지는 올해 일흔넷이었다.

6인실을 지정받고 입원한 지 사흘쯤 지났을 때였던가, 그는 아버지를 모시고 병원 로비 프랜차이즈 커피전문점으로 내려갔다. 커피를 한 잔 마셔야 하는데, 이거야 원 스타일이 안 살아서⋯⋯. 병실 내 다른 환자 들으라는 듯 계속 그 말씀을 큰 소리로 반복한다는 어머니의 하소연을 듣고 함께 찾아간 커피전문점이었다. 오른쪽 팔에 깁스를 한 아버지는 카운터 앞에 서서 주문을 하는 그와 유리 진열장에 놓인 베이글을 신기한 눈으로 바라보았다. 그는 '다방커피'에 익숙한 아버지를 생각해 바닐라라테 한 잔과 아이스아메리카노 한 잔을 주문했다. 그가 그렇게 주문을 마쳤을 때, 그의 아버지가 불쑥 끼어들었다.

"아가씨도 한 잔 마셔."

그의 아버지는 카운터에 서 있는 여자 아르바이트생에게 그렇게 말했다.

"네?"

여자 아르바이트생이 멀뚱한 표정으로 되묻자, 그의 아버지는 "그쪽도 한 잔 마시라고. 아저씨가 한 잔 살 테니까" 하면서 깁스한 팔을 카운터 위에 척 올려놓았다. 그는 아버지의 등을 황급히 끌어안고 뒤로 돌아섰다. 그러곤 진동 벨을 챙겨 출입문과 가까운 테이블로 걸어갔다. 다행스럽게도 여자 아르바이트생은 그저 고개만 한 번 갸우뚱거리고 말았을 뿐, 별다른 항의는 하지 않았다.

"아버지, 제발 그러지 좀 마세요."

그는 테이블에 앉자마자 낮은 목소리로 말했다. 그의 할머니는 돌아가시기 얼마 전, 그를 붙들고 이런 말을 한 적이 있었다. 네 아버지한테 너무 뭐라 하지 마라. 젊을 땐 얼마나 착실한 사람이었는데…… 그게 다 나이 먹는 게 허해서…… 그래서 그런 게 아니겠니…….

"아버지, 이런 데서 이러시면 잡혀가요. 여기는 그런 곳이라고요."

그의 말에 아버지는 시선을 피하면서 흠흠 헛기침만 몇 번 했을 뿐이었다. '아버지 허한 거 아는데요…… 그러면 어머니는요……' 그는 그런 말도 하고 싶었지만 입 밖으로 내진 않았다.

커피를 기다리는 동안 그는 커피전문점 밖으로 나가 걸려온 전화 한 통을 받아야만 했다. 통 유리창 바로 앞에 서서 그의 아버지에게서 시선을 떼지 않은 채 전화 통화를 했다. 전화는

아버지의 담당 의사에게서 온 것이었다. 커피전문점의 오디오 소리가 너무 커서 밖으로 나온 것인데, 그래도 소리가 잘 들리지 않아, 그는 몇 번인가 네? 네?거리면서 되물어야만 했다. 간수치, 정밀검진 같은 단어들이 띄엄띄엄 그의 귓가에 들려왔다.

  그리고…… 통유리창 너머 그의 아버지가 테이블 위에 있는 진동 벨을, 부르르 떨리는 진동 벨을, 왼손에 쥔 채 안절부절 어찌할 바 몰라 하는 것을 지켜보았다. 담당 의사는 계속 검진 날짜를 체크하면서 말을 끌었고, 그의 아버지는 당황한 얼굴로, 그러나 애써 그것을 감추려 노력하면서 진동 벨을 들었다 놓았다 했다. 그러다가 그의 아버지는 결국 진동 벨을 척, 귓가에 갖다 댔다. 여보세요, 라는 아버지의 입 모양이 그대로 그의 눈에 들어왔다. 그는 전화를 끊지도 못하고, 아버지에게 다가가지도 못한 채, 가만히 거기에 서 있었다. 입동 전후였다.